Der  Verschollene Schlüssel

von

Karsten Hoff

Buch

In dem beschaulichen Lüneburg wurde Addae, ein junger Afrikaner aus Ghana, Opfer eines versuchten Tötungsdeliktes.

Erste Ermittlungen ergaben, dass es sich um immer wiederkehrende Auseinandersetzungen zwischen jungen Afrikanern handelte, die gefrustet in der niedersächsischen Kleinstadt gestrandet sind.

Aber was waren die tatsächlichen Hintergründe?

Der junge Mann aus Ghana nahm über Monate große Strapazen auf sich und ging teilweise durch die Hölle. Er verließ sein Heimatdorf, Yendi, um das gelobte Europa und letztendlich Deutschland zu erreichen. Allerdings war die Enttäuschung sehr groß. Nichts bewahrheitete sich von den Träumen, die man ihm ins Ohr gesäuselt hatte.

Als aber dann noch der Schlüssel zu seinem alten Leben verloren ging, war eine Rückkehr nicht mehr möglich.

Autor

Der Autor, Karsten Hoff, wurde 1961 in Hamburg geboren. Die Kindheit verbrachte er in Lübeck. Er kehrte allerdings berufsbedingt in seine Geburtsstadt zurück, wo er als Polizist arbeitet. Dieses ist nun bereits sein dritter Roman.

Der Verschollene Schlüssel

Roman

Von

Karsten Hoff

Die Deutsche Bibliothek verzeichnet diese Publikation in der
Deutschen Nationalbibliografie, detaillierte bibliografische
Daten sind im Internet über

http:\\dnb.d-nb.de

abrufbar.

Copyright © der Originalausgabe im Juli 2016 von
Karsten Hoff
Herstellung und Verlag: BoD - Books on Demand, Norderstedt
Illustration: Karsten Hoff
Layout: Karsten Hoff
Umschlaggestaltung u. –konzept: Books on Demand GmbH,
Norderstedt
Titelbild: Karsten Hoff
Lektorat: Moritz Siegel
Made in Germany
ISBN 9-7837-4122-2078

Ein Fremder
ist
ein guter Freund,
den man noch nicht kennt.

Dichter Nebel lag über der kleinen Siedlung Ebensberg bei Lüneburg. Die Binnenschiffer auf dem nahegelegenen Elb-Seitenkanal konnte man noch deutlicher als sonst hören. Es war ein wenig gespenstisch, wenn lediglich diese Geräuschkulisse den Morgen erfüllte, während das Umfeld von einer weißen Dunstwolke umhüllt wurde.

Seit Jahren lebte Kriminaloberkommissar Kurt Bernhard in dieser Siedlung und fast jeder aus der Nachbarschaft kannte ihn mittlerweile. Auch sein Beruf war vielen kein Geheimnis mehr. So wurde Kurt auf der Straße oft entsprechend begrüßt – so auch an diesem Morgen: „Na, Herr Kommissar, wieder auf der Pirsch?"

„Jaja, kann man so sehen", entgegnete der Kripobeamte etwas missmutig mit seiner kräftigen Stimme. Er war auf dem Weg zur Arbeit. Manchmal waren ihm diese Sprüche schon ein wenig lästig, denn es lief stets auf das Gleiche hinaus und so richtig sinnvoll kamen ihm diese Ansprachen auch nicht vor.

Insbesondere heute störte es ihn, da er in Gedanken mit einem interessanten Fall beschäftigt war. Noch ahnte er nicht, was alles daraus werden sollte und eigentlich war dieses Delikt der versuchten Tötung nicht komplizierter als die meisten anderen

Verbrechen, die der über Jahrzehnte erfahrene Beamte schon auf seinem Schreibtisch liegen gehabt hatte. Aber dennoch spürte Kurt, dass dieser Fall brisanter sein sollte als die üblichen Kriminalfälle.

Mühselig schwang er sich auf seinen alten Drahtesel und arbeitete sich durch den Nebel in Richtung Polizeiinspektion. Der Weg durch den Wald war etwas anstrengend und Tage mit derartig mystischer Witterung drückten ihm immer aufs Gemüt. Kurt war kein besonders sportlicher Typ, wenngleich seine täglichen Radtouren den Anschein erwecken mochten – er war sogar vielmehr ein Anti-Sportler. Seine kräftige Statur lud auch nicht gerade zum Sport ein. Er war eher der gemütliche und herzliche Typ und es brachte ihn so leicht nichts aus der Ruhe.

Bei dem dichten Nebel, der besser zum schottischen Hochland gepasst hätte, kamen Kurt die Passanten wie aus dem Nichts entgegen: Erst kurz vor ihm tauchten sie unvermittelt auf. Einige von ihnen traf er jeden Tag fast an derselben Stelle. Dann kam auch schon mal ein gegenseitiges typisch norddeutsches „Moin" über die Lippen.

An der Dienststelle angekommen, begrüßten ihn Kollegen auf dem Flur schon mit aktuellen Neuigkeiten zu seinem Fall: „Kurt, dein Opfer im Krankenhaus ist aufgewacht und ansprechbar."

„Na, das ist ja mal was", *war seine prompte und kurze Antwort.*

Nach der allmorgendlichen Besprechung seiner Abteilung machte Kurt Bernhard sich dann auch umgehend auf den Weg ins städtische Krankenhaus.

„Kann ich den Kombi nehmen oder ist der bereits belegt?", fragte er seinen Abteilungsleiter.

„Nö, ist schon in Ordnung. Bist ja ohnehin bald wieder da, reden wird er wohl kaum. Wird ja sicherlich 'ne Routinesache", kam brummelnd aus dem Büro.

Das Krankenhaus war nicht weit von der Inspektion entfernt; mit dem Auto gerade einmal fünf Minuten, aber die Parkplatzsuche würde vermutlich länger dauern. Kurt geriet dann auch noch in die morgendliche Rushhour und da in Lüneburg das Verkehrskonzept eher für die Radfahrer entwickelt wurde, schalteten die Ampeln an den Kreuzungen gegen seinen Zeitplan. Kurz vor dem Ziel musste der versierte Autofahrer dann auch noch einem querenden Eichhörnchen ausweichen.

„Mein lieber Mann, bist du lebensmüde oder was?", pöbelte der Kommissar.

Der kleine Nager war allerdings schon verspielt an einem Baum hochgeklettert und schaute frech zu

Kurt herunter, dann verschwand er schnell im Blattwerk.

Heute hatte der Beamte immerhin auf dem Krankenhausparkplatz Glück: Unmittelbar vor ihm fuhr gerade jemand aus einer Lücke, die er unverzüglich nutzte.

Das Krankenhaus lag direkt neben der Lüneburger Salztherme, einem beliebten Schwimmbad für Groß und Klein. Auf dem Parkplatz durchströmte die salzhaltige, aber zugleich mit Chlor versetzte Luft Kurts Nase. Das hatte so etwas von Wellness und er entspannte sich ein wenig – allerdings wurde er sofort beim Betreten der Klinik in die Realität zurückgeholt: Der penetrante Geruch nach Desinfektionsmitteln und das Bewusstsein, von Krankheit umgeben zu sein, ließen Betroffenheit und Beklemmung in ihm aufkommen.

Nach kurzer Befragung des Rezeptionspersonals fand der Oberkommissar zügig das Patientenzimmer seines Opfers. Es lag im fünften Stockwerk des architektonisch eher unästhetischen Betonklotzes. Allerdings war die Aussicht von dort über die Lüneburger Altstadt hervorragend – was den aus Ghana stammenden Addae Kwame zu diesem Zeitpunkt aber sicherlich nicht interessierte. Er war erst zwei Tage zuvor in die Notaufnahme eingeliefert und sogleich notoperiert worden.

Am Ufer der Ilmenau hatten Landsleute ihn aus unerklärlichen Gründen mit Stichen in den Bauchraum niedergestreckt. Zu seinem Glück war Addae kurz darauf von Passanten gefunden worden, die geistesgegenwärtig reagiert hatten. Das waren die einzigen Informationen, die Kurt bis zu diesem Zeitpunkt hatte – nun wollte er mehr wissen. Viel Hoffnung machte er sich nicht, aber in diesem Fall sollte es nun doch ganz anders kommen als erwartet.

„Guten Tag, Herr Kwame. Ich bin Kriminaloberkommissar Bernhard von der hiesigen Polizeiinspektion in Lüneburg. Ich bearbeite Ihren Fall", begann Kurt förmlich das Gespräch. „Wie geht es Ihnen? Können Sie mich verstehen?"

Der schwerverletzte Mann aus Ghana sprach überraschend gut Deutsch und war zudem auch sehr gesprächig. Er begann mit seiner Geschichte von Anfang an.

*

Addae Kwame stammte aus dem Nordosten von Ghana. Die Stadt Yendi, in der er geboren und aufgewachsen war, hatte bis zum Jahr 2002 eine ganz besondere Stellung besessen: Sie war Hauptstadt der Dagomba gewesen, die noch heute eine große Autorität in Ghana besitzen. In Yendi befand sich auch der Königspalast – bis im Jahr 2002 etwas Schreckliches geschah.

In Ghana haben Hühner eine mystische Bedeutung. In vielen traditionellen Regionen, insbesondere im Norden des Landes, beantwortet das Orakel die großen Fragen des Lebens – häufig in Form eines Huhnes: Landet das Federvieh, wenn es geschlachtet wird, auf dem Bauch, so steht dies für ein „Ja" und bleibt das Tier auf dem Rücken liegen, dann bedeutet dies ein „Nein".

An jenem Tag, es war der 25. März 2002, kam der Vater des damals neunzehnjährigen Addae mit einem Huhn nach Hause, das an den Füßen und Flügeln zusammengebunden war.

„Woher hast du diesen Braten?", fragte der grazil gewachsene junge Mann seinen Vater.

„Der König hatte Besuch von einem Missionar, der mit dem Tier und der Tradition nichts anfangen konnte, und so drückte er mir das Tier in die Hand", kam als Antwort.

Es dauerte dann auch nicht mehr lange und das Huhn wurde geschlachtet. Ob das Tier nun auf dem

Bauch oder Rücken verstarb, ist heute unbekannt, aber auf jeden Fall scheint das Schicksal dieses royalen Federviehs kein gutes Omen gewesen zu sein.

Nur wenige Tage später wurde der Palast in Yendi gestürmt, der König wurde geköpft und seine Familie wie auch seine Gefolgsleute wurden getötet. Darunter befand sich auch Addaes Vater, der ein Wächter des Regenten gewesen war. Die meisten Menschen aus dem Umfeld des getöteten Königs flohen aus der Stadt, nur wenige wagten den Schritt ins Ungewisse nicht. Darunter waren auch Addae und seine Familie. Bislang hatte der Name Kwame in Yendi Bedeutung gehabt, aber mit der Ermordung des Königs änderte sich dies schlagartig: Das Ansehen der Familie war dahin und die Meinung innerhalb der Familie zum Verbleib in der Region, wo der Frieden täglich auf kippeligen Beinen stand, sehr unterschiedlich. Insbesondere Addae dachte oft darüber nach, das Dorf zu verlassen, um sein Glück woanders zu suchen.

Seine Mutter dachte darüber aber anders und machte dies ihrem Sohn auch immer wieder unmissverständlich deutlich.

„Willst du das in dieser Situation wirklich deiner Familie antun?"

„Ich halte das hier nicht mehr aus! Dies ist nicht mehr meine Heimat. Es hat sich so viel verändert. Wir sind nicht mehr die angesehene Familie Kwame und es vergeht kaum ein Tag, an dem meine Geschwister nicht mit Häme bedacht werden."

„Ja, wie stellst du es dir denn vor, wenn du nicht mehr hier bist? Wer soll denn dann noch auf deine Brüder und Schwestern aufpassen?", entgegnete seine Mutter.

Addae blickte verschämt auf den Boden und malte mit seinem Fuß einen Kreis in den Sandboden. Erst nach einer kurzen Denkpause konnte er auf die Fragen seiner Mutter antworten: „Was kann ich denn hier noch ausrichten? Ich bin jetzt zwanzig Jahre alt, die ganze Welt steht mir offen – soll ich für den Rest meiner Tage das Kindermädchen spielen?"

Er wusste, dass er seiner Mutter mit diesen Worten wehtat und sie mitten ins Herz traf, aber er sah nicht mehr ein, nur für seine Familie zu leben. Dafür identifizierte er sich viel zu wenig mit seiner Kultur. In der Mission hörte er einiges über weit entfernte Länder in Europa, die ihnen technisch und kulturell weit voraus sein sollten. Eine Entwicklungshelferin aus Deutschland brachte Addae ein wenig Deutsch bei und ließ ihn einige Bildbände über ihr Land durchblättern. Diese Eindrücke ließen ihn seitdem nicht mehr los.

Seine Mutter wandte sich wortlos von ihrem Sohn ab und ließ ihn traurigen Blickes mit seinen Gedanken alleine. Es sollte das letzte Mal gewesen sein, dass zwischen ihnen ein Gedankenaustausch stattfand.

Gerade wollte er sich wieder zur Hütte begeben, da kam der Wachhund der Familie ihm mit wedelndem Schwanz entgegen. Er präsentierte in seiner Schnauze stolz ein von ihm erbeutetes Kaninchen und legte es Addae zu Füßen, als wolle er seinem Herrchen freudig ein Geschenk zum Zeichen seiner Zuneigung darbieten.

„Na, was hast du denn da für mich erbeutet, mein Lieber?", lobte der Hundebesitzer dankbar sein Tier und streichelte über dessen Fell. Erst dann erkannte Addae das völlig verschmutzte Tier.

„Ach, du meine Güte – das ist ja ein Stallkaninchen unseres Nachbarn!"

Verstohlen schaute der junge Mann in alle Richtungen, verschwand dann hinter der Hütte an der Wassertonne und wusch das tote Tier erst einmal ordentlich ab. Danach schlich er, seinen stolzen Hund im Gefolge, zum Stall des Nachbarn und legte das leblose Kaninchen dort vorsichtig wieder in den Verschlag. In der Hoffnung, dass niemand etwas bemerkt hatte, verschwanden Hund

und Herrchen wieder in Richtung eigenes Grundstück.

Ein paar Tage später traf Addae seinen Nachbarn auf der Straße und der berichtete ihm von dem Kaninchen: „Ich muss dir etwas Merkwürdiges mitteilen, Addae. Vor ein paar Tagen verstarb eines meiner Kaninchen und ich begrub das tote Tier in einiger Entfernung vom Stall. Nun stell' dir vor: Gestern finde ich den Kadaver völlig sauber in einem der Kaninchenverschläge wieder. Ist das nicht komisch?"

„Das finde ich aber auch", war die prompte Antwort, während Addae ein Lachen kaum unterdrücken konnte.

„Na, mach's gut!", verabschiedete sich der Nachbar und klopfte seinem Gegenüber auf die Schulter.

Schon vor langer Zeit hatte Addae Kontakt zu einem LKW-Fahrer namens Badu geknüpft, der regelmäßig durch Yendi fuhr, um Schrott von dort in die Hauptstadt Accra zu bringen. In nur wenigen Tagen wollte der junge Mann, der nicht viel älter als Addae war, wieder die Route fahren – und dieses Mal sollte er nicht alleine weiterfahren.

Alles war vorbereitet; das Wenige an Hab und Gut war schnell zu einem handlichen Paket zusammengeschnürt hinter der Hütte verstaut. In eine alte Kiste legte der junge Mann noch einige sehr persönliche Gegenstände und verschloss diese mit einem kleinen Vorhängeschloss. Diesen kleinen Schatz vergrub er unter einem Busch und den Schlüssel hängte er sich um den Hals. Für ihn war dieser Schlüssel ein Sinnbild dafür, dass er endgültig mit diesem Leben abschließen wollte.

Addae war zur großen Kreuzung inmitten von Yendi unterwegs, wo die großen Überlandstraßen aus allen Richtungen zusammenkamen. Dort befand sich ein großer Rastplatz – wobei man sich eine solche Raststätte nicht so vorstellen darf, wie man sie bei uns findet. Es gab dort ein paar wenige Hütten mit alten Stühlen und Trinkwasser, und wenn es gut lief, konnten die Rastsuchenden dort auch etwas zu essen bekommen. Dann und wann konnte man aus Fässern Kraftstoff tanken, aber das war auch nur sehr unregelmäßig möglich. Trotzdem trafen an dieser Kreuzung rund um die Uhr Kraftfahrer aus allen Himmelsrichtungen ein.

Hier strandete regelmäßig auch Badu mit seinem LKW für eine kurze Pause. Addae war schon vor Monaten mit ihm ins Gespräch gekommen und hatte ihm sein Vorhaben mitgeteilt. Seit der Unterredung mit seiner Mutter suchte er nun jeden Tag mehrfach diese Raststätte auf, um nach seiner Mitfahrgelegenheit Ausschau zu halten. Das beobachtete mit großer Sorge seine Schwester Eyram.

„Addae, was hast du vor?", sprach sie ihren Bruder eines Abends an, als dieser wieder einmal mit seinem kleinen Reisepaket unterwegs war.

„Wie?" Er fühlte sich ertappt, drehte sich um und schaute in das fragende und zugleich besorgte Gesicht seiner Schwester.

„Na, ich frage mich schon seit Tagen, was du mit deinem geschnürten Päckchen an dem Rastplatz der LKW-Fahrer willst. Eigentlich glaube ich ja die Antwort schon zu kennen, aber meine Hoffnung ist, dass ich mich irre", erklärte Eyram.

„Ja", begann Addae stotternd und suchte händeringend nach Worten. „Ich weiß auch nicht, wie ich es dir erklären soll ..." Er schaute in die verständnislosen und traurigen Augen der jungen Frau und bemerkte, dass er sich in einer verzweifelten Zwickmühle befand. Das machte ihn wütend.

„Was willst du hören?", platzte Addae heraus. „Ja, verdammt noch mal! Ich hau' ab. Für mich gibt es hier nichts mehr, was mich noch halten könnte. Dort draußen gibt es doch noch so viel und ich bin hier in Yendi wo sich alle nur um diese verdammte

Thronfolge streiten und sich gegenseitig umbringen."

Eyram schossen die Tränen in die Augen. Einerseits hatte sie Verständnis für ihren Bruder, aber andererseits wusste sie auch, dass sie ihn auf diese Weise für immer verlieren würde. Sie schaute ihn mit ihrem vertrauten Lächeln an, umarmte ihn und flüsterte in sein Ohr: „Ich verstehe dich – auch wenn es mir schwerfällt, dich ziehen zu lassen. Vergiss nie, woher du stammst, mein geliebter Bruder – und nun lass' dein Glück nicht länger auf dich warten!"

Diese Worte bewegte Addae in seinem Herzen und er sollte sie auf immer in seinen Gedanken behalten. Es fiel ihm schwer, sich von seiner Schwester zu trennen, aber machte ihm auch Mut, dass wenigstens eine aus seiner Familie für ihn Verständnis hatte. Mit diesem Zuspruch setzte der junge Mann seinen Weg zu dem Rastplatz fort und er hatte das Gefühl, zu einem großen Abenteuer aufzubrechen, was ihm nun noch mehr Mut und Stärke verlieh.

An jenem Abend war an der Raststätte besonders viel Getümmel – fast wie auf einem Jahrmarkt. Da die Reisenden aus verschiedenen Regionen kamen, transportierten sie auch die unterschiedlichsten Waren. Viele waren bereits seit Wochen unterwegs und während der eine sich mit einem LKW fortbewegte, war ein anderer mit einer Kamelkarawane dort angekommen. Dementsprechend waren auf diesem Rastplatz auch die unterschiedlichsten Menschen zugange, teilweise auch sehr fremdartige. Und auch wenn alle hier das Ziel hatten, ein wenig zu rasten, schien Addae doch eher eine Aufbruchsstimmung zu verspüren. In diesem riesigen Ameisenhaufen fand Addae nun endlich seinen seit Tagen gesuchten Badu. Er war bereits wieder im Aufbruch begriffen und wollte schon in sein Fahrerhaus steigen, als ihn der junge Weltenbummler gerade noch aufhielt.

„Halt, Badu! Endlich erwische ich dich mal! Fährst du in Richtung Hauptstadt? Ich will mit!"

Der Kraftfahrer drehte sich um und begrüßte den Reisewilligen fröhlich: „Na, dass ich das noch erleben darf! Mit dir habe ich ja gar nicht mehr gerechnet. Bist du dir auch wirklich sicher? Solch eine Reise ist kein Kinderspiel."

„Auf jeden Fall! Ich war mir noch nie so sicher!", entgegnete Addae.

„Na, dann los – schwing dich auf den Bock und los geht's!"

Kaum hatte er dies ausgesprochen, startete Badu auch schon den Motor des alten LKW. Mit großem Rütteln und Schütteln kam die alte Maschine auf

Touren und mit viel Handarbeit brachte der Fahrer das Gefährt in Bewegung. Genau so stellte sich Addae auch eine bewegte Schiffsreise vor: Das Gefährt schaukelte von einer Seite auf die andere und drohte in jeder Kurve umzukippen. Obwohl Badus LKW für diese Tour in Richtung zur Hauptstadt Accra nur zur Hälfte beladen war, geriet sein LKW aufgrund der verschlissenen und stark beanspruchten Technik immer wieder reichlich in schlingernde Bewegungen. Hinzu kam, dass die Qualität der Straßen in Ghana kaum die eines Feldweges europäischen Standards überstieg.

„Wie kommt es, dass du dich nun doch zu diesem Schritt hast hinreißen lassen?", wollte Badu wissen.

„Nun, es gibt in Yendi einfach keine Veränderung mehr und die ständigen Anfeindungen machen mir langsam Angst. Nichts ist mehr übrig geblieben von unserem einstigen Ehrgefühl. Manchmal glaube ich, dass eigentlich niemand mehr weiß, worum es letztendlich geht."

Addae musste seinen Fahrer regelrecht anschreien, um die lauten Motorengeräusche zu übertönen. Mittlerweile hatten die beiden Abenteurer die Ortsgrenze hinter sich gelassen und fuhren nun auf einer kilometerlangen Landstraße durch die weite Steppe im Südosten Ghanas. Der LKW konnte kaum schneller als fünfzig Stundenkilometer fahren, da diese Schotterpiste stark zerklüftet war und ihre extremen Kurven das Fahren zu einem Kunststück werden ließen. Die Dunkelheit umhüllte die beiden in ihrem LKW nun und nur selten kam ihnen ein anderes Fahrzeug entgegen, das für einen kurzen Moment das Führerhaus mit Scheinwerferlicht ausstrahlte.

„Und was versprichst du dir von Accra? Meinst du wirklich, das ist das Schlaraffenland?", fragte Badu kritisch.

„Na ja, zumindest wird es doch in einer so großen Stadt mehr Möglichkeiten geben, seinen Traum zu leben, oder?"

„Hahaha! Auf was für einem Stern lebst du eigentlich?", lachte der Fahrer laut los und wäre beinahe von der Fahrbahn abgekommen. Nur mit Mühe konnte er den LKW wieder in die Spur bringen.

Nun wurde Addae allerdings nachdenklich und verstummte für eine Weile. War es wirklich die richtige Entscheidung, die vertraute Heimat und seine Familie Hals über Kopf zu verlassen? Je weiter sie sich von Yendi entfernten, desto unsicherer wurde der junge Mann. Noch könnte er kehrtmachen, aber er wollte natürlich vor Badu nicht als Schwächling dastehen.

Dieser schien die plötzliche Schwermut seines Partners auf dem Beifahrersitz zu bemerken und nun zu versuchen, dem ein wenig entgegenzuwirken: „Kopf hoch!", ermutigte er ihn. „Nun hast du dich entschieden und du wirst sicherlich deine Gründe haben. Es ist immer gut, sein Leben zu verändern. Würdest du diesen Schritt nicht wagen, dann müsstest du dich sicher immer fragen, ob du vielleicht etwas verpasst hast. Pass mal auf, ich werde erst mal ein wenig Musik andrehen, damit hier die Stimmung etwas steigt."

Badu schob eine Musikkassette in einen kleinen Rekorder. Schrill drangen unbekannte Töne an Addaes Ohren. Nie zuvor hat er derartige Musik gehört.

„Was ist das?", fragte er den Fahrer.

„Nun verstehe dich einer! Du willst die große weite Welt kennenlernen und fragst mich so etwas? Das ist westeuropäische Musik, die mit alten Autos von großen Schiffen in Accra angeschwemmt wird. Oft liegen dann noch alte Musikkassetten in den Fahrzeugen. Hier, siehst du? Ich habe einen ganzen Koffer mit dem Zeug."

Badu öffnete einen alten Holzkoffer und darin lagen hunderte von Kassetten, die es in Europa schon gar nicht mehr zu kaufen gab. Addae machte große

Augen und nahm einige Kassetten heraus, um zu versuchen, den Text darauf zu lesen. Einiges hatte er von der jungen Frau aus der Diakoniestation gelernt, aber die englische Sprache war ihm doch noch sehr fremd.

Es wurde langsam still im Führerhaus des vor sich hin arbeitenden LKW. Das Motorengeräusch wurde von der dudelnden Musik aus dem Rekorder untermalt. Addae hatte es sich auf dem Beifahrersitz gemütlich gemacht – das gleichmäßige Brummen und die Musik ließen ihn müde werden. Es dauerte nicht lange, bis seine Augen schwer wurden und zufielen.

Badu war das gewohnt. Schon oft hatte er Begleiter auf seinen Touren nach Accra dabei gehabt und fast alle schliefen nach kurzer Zeit ein. Er musste dann weiterhin wachsam sein Gefährt durch die Einöde lenken und empfand es immer wieder als eine besondere Ehre, wenn seine Beifahrer ihm so viel Vertrauen entgegenbrachten, dass sie während seiner nächtlichen Fahrt einschliefen. Er hatte dann immer den Eindruck, dass sie sich bei ihm wohl und sicher fühlten, was in Ghana durchaus keine Selbstverständlichkeit war.

Die sogenannten Handelspisten zwischen den einzelnen Dörfern waren nicht ungefährlich. Überall lauerten Übergriffe durch Wegelagerer oder korrupte Sicherheitskräfte. Ein Anhalten mit seinem

Gefährt war sehr riskant. Wenn man hier in die Verlegenheit kam, anhalten zu müssen, dann war die Auswahl und Dauer einer solchen Zwangspause abseits von einem Dorf oder Rastplatz entscheidend. Ausgeschlachtete oder ausgebrannte LKW am Straßenrand waren Zeugnisse derartiger Übergriffe.

Badu lenkte seinen LKW sicher durch die Nacht, während sein Weggefährte auf dem Beifahrersitz scheinbar so sicher wie in Abrahams Schoß schlummerte. Hier und da wurde das Gefährt durch heftige Schlaglöcher stark erschüttert, aber das störte Addae nur wenig: Als einzige Reaktionen kamen ab und zu ein unmutiges Schnaufen und eine Änderung der Position.

Plötzlich aber wurde es recht ungemütlich und hektisch im Führerhaus. Badu hatte nun alle Hände voll zu tun, um sein Fahrzeug auf Spur zu halten und vor dem Umkippen zu bewahren. Addae wurde wach und sah durch die Windschutzscheibe nun nicht mehr die Fahrbahn, sondern wilden Wüstensand sowie hier und da genügsame Sträucher vorbeisausen.

„Scheiße! Scheiße! Scheiße!", fluchte Badu immer wieder.

„Was ist passiert?", wollte sich Addae informieren, während ihm einige Gegenstände von der Ablage links und rechts um die Ohren flogen.

Eine Antwort bekam er von dem schwer beschäftigen Fahrer nicht. Stattdessen murmelte dieser verzweifelt: „Nicht stehen bleiben! Fahr' bloß weiter, ja, noch ein Stück! Gleich haben wir es geschafft!"

Nachdem es Badu gelungen war, den LKW zurück auf die Straße zu lenken, brachte er ihn zum Stehen. Nun wurde es ruhig im Cockpit, Badu schnaufte einige Male durch. Allerdings sah man ihm den Schrecken noch immer an: Er zitterte vor Anspannung am ganzen Körper. Addae kauerte stocksteif auf dem Beifahrersitz und starrte seinen LKW-Piloten mit weit geöffneten Augen fassungslos an.

Erst nach einigen Minuten brach Addae die bedrückende Stille in der tiefschwarzen Wüstennacht: „Was war das? Was ist passiert?"

„Was das war?", schimpfte Badu, „ein Idiot war das! So viele dieser verantwortungslosen Pistenfahrer, holpern in der Nacht ohne Licht durch die Einöde. Plötzlich tauchte dieser unbeleuchtete Truck vor mir auf und der Fahrer saß schlafend hinter seinem Lenkrad. Da hast du keine Chance!"

„Wie? Der Fahrer schlief?", fragte Addae.

„Ja, das machen viele Wüstentrucker: klemmen sich ein Kissen hintern Kopf, stellen am Lenkrad grob die Richtung ein und zurren es fest. Dann geht das Himmelfahrtskommando los. So, wir müssen jetzt aber weiter. Wir stehen schon viel zu lange hier – das ist nicht ganz ungefährlich."

„Was für eine Gefahr lauert nun schon wieder?", wollte der junge Beifahrer wissen.

„Wüstenräuber! Überall lauern sie. Man sollte es tunlichst vermeiden, längere Zeit außerhalb der Ortschaften oder Raststätten anzuhalten. Deswegen bin ich auch froh, dass wir mit dem LKW nicht im Wüstensand steckengeblieben sind. So, jetzt aber los!"

Langsam setzte sich das alte Gefährt wieder in Bewegung, während Addae begann, die umherliegenden Gegenstände wieder an ihre Plätze zu bringen – ein Ordnungs-System war aber auch vor diesem Manöver nicht zu erkennen gewesen.

„Na, bist du noch immer scharf auf dein Abenteuer? Glaub' mir, das ist erst der Anfang", stichelte Badu.

„Nun ja, was soll ich sagen? Gemütlich war es in Yendi zum Schluss auch nicht mehr. Fast täglich gab es irgendwo Auseinandersetzungen, bei denen Menschen zu Schaden kamen."

„Was hast'n da für einen Schlüssel um den Hals hängen?", unterbrach Badu.

„Das ist der Schlüssel zu meinem alten Leben", antwortete Addae und hielt das kleine Etwas, das an einem Lederband um seinen Hals hing, hoch.

„Wie ,altes Leben'? Ich dachte, das willst du nun endgültig vergessen."

„Ja, das ist schon richtig. Aber man weiß ja nie, wie es kommt. Vielleicht klappt das ja auch alles nicht und ich kehre zurück. Für den Fall habe ich eine kleine Kiste mit Erinnerungen gepackt – Fotos, Schulhefte, Lieblingsspielzeug und so weiter – und sie unter einem Busch vergraben. Dieser Schlüssel gehört zum Vorhängeschloss dieser Kiste. Sollte ich doch irgendwann zurückkehren, dann kann ich mein altes Leben wieder ausgraben und aufschließen."

„Na, das ist ja mal was. Da hast du ja was für's Leben", hänselte Badu.

„Ich glaube, du hast nicht viel Sinn für Bräuche und Symbole, oder? Aber jeder braucht etwas, woran er glauben kann und für das es sich lohnt, zurückzukehren – genauso ist auch meine Familie für mich sehr wichtig. Du hast so etwas wohl nicht, oder?"

„Das habe ich schon lange vergessen und von alledem ist nichts mehr übrig. Meinen Heimatort gibt es nicht mehr. Der wurde damals durch ständige Übergriffe von Räubern und Plünderern ausgelöscht. Nun bin ich auf der Straße zu Hause."

„Oha! Das wusste ich nicht. Wo war denn dein Ort?", wollte Addae wissen.

„In der Nähe von Bawku, in Richtung der Grenze nach Togo. Nichts ist mehr übrig von dem kleinen Dorf und die Regierung hat nichts unternommen."

„Und wo ist deine Familie?"

„Meine Eltern kamen bei einem der Übergriffe um und meine Schwestern haben sie verschleppt. Wer weiß, was aus ihnen geworden ist."

Es wurde wieder still und die beiden jungen Männer hingen ihren Gedanken nach. Beide waren in diesem Moment sicherlich Gefangene ihrer Vergangenheit – wobei die traumatisierenden Erlebnisse Addaes noch recht frisch waren, während Badu bereits damit abgeschlossen hatte, ohne es jemals richtig verarbeitet zu haben. Sicher war sein Wesen stark von alledem geprägt.

Langsam verdrängten die ersten Sonnenstrahlen die Dunkelheit und das Zwielicht verlieh der Landschaft einen besonders stimmungsvollen Ausdruck. In der

Ferne waren die ersten Ausläufer des Togo-Gebirges zu erahnen.

„Sieh mal! Dort hinten müssen wir hin und dann müssen wir viel Zeit und Geduld haben", erklärte Badu und zeigte in die Richtung.

„Wieso?"

„Na ja, wir müssen den Fluss, einen Ausläufer des Volta-Sees, mit der Fähre überqueren und das ist wie ein Nadelöhr, weil jeder dort rüber muss."

„Was ist eine Fähre?", fragte Addae und ihm stand wohl ein großes Fragezeichen ins Gesicht geschrieben. Jedenfalls schaute Badu ihn mit großen Augen an und wollte zuerst gar nicht glauben, dass sein Begleiter das nicht wusste.

„Wie, du weißt nicht, was eine Fähre ist?"

„Nö, woher soll ich das wissen? Habe noch nie davon gehört."

„Na ja, stimmt eigentlich – woher denn auch? Bei euch in Yendi gibt es ja kaum Wasser und erst recht keinen See oder Fluss. Jedenfalls dient eine Fähre als Transportmittel für Fahrzeuge und Menschen über Flüsse oder Meere. So etwas werden wir nachher nutzen."

„Das soll funktionieren? Wie sieht denn so eine Fähre aus?"

„Wart's ab! Wir sind ja bald da", antwortete Badu ein wenig genervt.

Langsam wurde der Verkehr nun dichter und er musste sich konzentrieren. Addae wunderte sich, welche unterschiedlichen Verkehrsmittel hier zu sehen waren und woher sie alle kamen. Angefangen von mit Waren beladenen Kamelen bis hin zu Reisebussen war hier alles anzutreffen. Ganze Familien waren hier unterwegs. Frauen trugen ihre kleinen Kinder auf dem Arm und transportierten dabei auch noch Lasten auf dem Kopf oder zogen Karren hinter sich her. Der junge Reisende aus dem mittlerweile eine Tagesreise entfernten Yendi kam aus dem Staunen gar nicht mehr heraus und wusste nicht, wohin er zuerst schauen sollte. Eine Szenerie nach der anderen zog an ihm vorbei, wobei er längst nicht alles, was er sah, einordnen und verstehen konnte.

Plötzlich stockte der Verkehr in Richtung Fähre und es ging nur noch schrittweise voran.

„So, nun heißt es Geduld haben und hoffen, dass wir noch heute den Fluss überqueren und nicht hier übernachten müssen", unterbrach Badu die Stille im Führerhaus des LKW.

„Wieso? Wie weit ist es denn noch?", wollte Addae wissen.

„Ich schätze mal, dass es noch ungefähr fünf Kilometer sind und wenn nur eine Fähre eingesetzt ist, dann wird sich der Stau nur langsam abbauen."

Badus Begleiter war noch immer von den vielen unterschiedlichen Menschen am Straßenrand fasziniert und konnte seinen Blick nicht abwenden. Je langsamer es voranging, desto enger drängte sich die Karawane der Händler und Pilger an dem LKW vorbei. Ihre Gesichter kamen Addae so nahe, dass nur die Seitenscheibe sie noch voneinander trennte. Einige sahen grimmig und recht beängstigend aus, andere wiederum strahlten Freude und Zuversicht aus. Aber alle hatten sie eines gemeinsam: Sie waren vom Leben und der Natur gezeichnet, obwohl sicherlich keiner von ihnen älter als dreißig Jahre alt war.

„Lass bloß das Fenster zu – sonst werden wir die nicht mehr los!", ermahnte Badu.

„Wieso?"

„Viele von ihnen sind fliegende Händler. Wenn du erst einmal in deren Fängen bist, ziehen die erst weiter, wenn du irgendetwas völlig Übersteuertes, Nutzloses gekauft hast."

Kaum hatte Badu seinen Satz beendet, klopfte es auch schon an die Tür, ein Beduine hielt Obst an die Scheibe und forderte aufdringlich zum Kauf auf. Glücklicherweise setzte sich in diesem Moment der Verkehr wieder in Bewegung, so dass das Verkaufsgespräch abrupt beendet werden musste. Im Außenspiegel sah Addae noch den wütenden Händler, der sich um seine Chance betrogen fühlte. Nach einigen ähnlich gearteten Szenen und weiteren zwei Stunden erreichten die beiden jungen Männer mit ihrem Gefährt eine Anhöhe, von der aus Fluss und Fähranleger in Sichtweite kamen. Für Addae war dieser Anblick überwältigend. Er hatte noch nie zuvor etwas so Beeindruckendes gesehen.

„Wow! Das ist mal ein anderer Ausblick", war seine spontane Reaktion. Schillernd schlängelte sich der breite Fluss durch die Ausläufer des Togo-Gebirges. Das Farbenspiel des Sonnenlichts auf den Wellen ließ das Wasser wie lauter Smaragde erscheinen.

Nur langsam näherten sie sich dem Fähranleger und je mehr dieser in Sichtweite kam, desto enger wurde die Menschenmenge. Und dann war es so weit – mit der nächsten Passage sollten sie über den Fluss reisen. Addae wurde bei dem Anblick des Wassergefährts auf einmal etwas unruhig. Er rutschte auf seinem Sitz hin und her.

„Was ist denn los mit dir?", wollte Badu wissen.

„Also, ich weiß nicht. Irgendwie ist mir das nicht geheuer. Wie soll das denn funktionieren? Die schweren LKW und dann auch noch die vielen Menschen – wie kann diese Fähre dann noch schwimmen?"

„Das ist Physik oder so ähnlich. Genau kann ich dir das auch nicht erklären, aber es funktioniert und das nicht erst seit gestern. Ich bin bereits einige Male mit diesem Gefährt mitgefahren und es ist nichts passiert. Du brauchst wirklich keine Angst zu haben."

Addae war aber weiterhin skeptisch und plötzlich verließ ihn der Mut. Er packte seine paar Sachen und stieg aus.

„Tut mir leid, aber das ist mir nicht geheuer", sagte er. „Wie könnt ihr alle einfach so blind vertrauen? Wenn mein Schöpfer gewollt hätte, dass ich schwimmen kann, dann hätte er aus mir einen Fisch gemacht."

Badu zuckte verständnislos mit den Achseln und entgegnete: „Dann ist dein Abenteuer hier schon beendet, denn ohne die Flussüberquerung kommst du nicht weiter."

Während der letzten Worte fuhr er bereits weiter und war kurze Zeit später mit seinem Lastwagen auf der Fähre. Allmählich drängten weitere Massen nach. Addae stand am Ufer und schaute mit hängenden Schultern traurig hinterher. Wollte er wirklich bereits hier aufgeben? Gerade einmal eine Nacht war er nun unterwegs und schon bei diesem kleinen Hindernis sollte die Reise enden?

„Nein!", spornte er sich an, „das lasse ich nicht auf mir sitzen."

Er sprach es aus und strömte mit den letzten Passagieren auf die Fähre. Kurz darauf wurden auch schon die Laderampen hochgefahren und die kurze Seereise ging los. Langsam drängte sich Addae nach vorn durch, wo Badu mit seinem LKW stand. Der war gerade mit einem anderen Fahrer im Gespräch, aber ihm entging nicht, dass sein Sozius doch noch mit an Bord gekommen war.

„Na, mein Freund? Hast du doch noch Mut gefunden?", fragte er ihn.

„Jaja, du hast gut reden", entgegnete Addae mit gesenktem Kopf. Insgeheim schämte er sich ein wenig.

„Alles nicht so wild, dein Platz ist noch frei – steig ruhig ein", kam beruhigend von seinem Fahrer.

„Was ist denn mit dem Jungen?", wollte der andere Kraftfahrer wissen.

„Ach, der junge Mann hat ein wenig Angst vor der Seefahrt!", lachte Badu.

„Na, wenn's weiter nichts ist. Ich konnte auch jahrelang nicht mit einem Boot fahren. Irgendwann ist man eben reif genug und fasst Vertrauen zu den Gesetzmäßigkeiten der Natur", beruhigte der etwas ältere und behäbige Mann neben Badu und klopfte Addae dabei auf die Schulter.

Der bekam nun augenblicklich große Augen, denn plötzlich kam Bewegung in den Seetörn: Die Fähre hatte den schützenden Uferbereich verlassen und so konnten ungehindert die Wellen an ihr arbeiten. Während die meisten anderen Passagiere das lustig fanden oder eher unbeeindruckt waren, fragte sich Addae bange, ob er die richtige Entscheidung getroffen hatte. Dass seine Ängste eher unberechtigt waren, weil das Wassergefährt für diese Region recht modern war, konnte er nicht wissen: Zuvor hatte es jahrelang auf europäischen Gewässern verkehrt und erst ein Jahr zuvor war es für den Verkehr auf dem Volta-Fluss rekrutiert worden.

„Wenn du dich übergeben must, tu es bitte über die Reling und nicht im LKW", warnte Badu, der sah, wie sich die Gesichtsfarbe seines Beifahrers veränderte.

Kaum hatte er dies ausgesprochen, war es auch schon geschehen: Addae hatte es gerade noch rechtzeitig geschafft, den LKW zu verlassen, aber die Reling erreichte er nicht mehr rechtzeitig. Seine Erwartung, es würde ihm danach besser gehen, erwies sich als Irrtum: Erst als die Fähre zwanzig Minuten später auf der anderen Seite des Gewässers das rettende Ufer erreichte, wurde die Gesichtsfarbe des Anti-Seemanns allmählich wieder etwas rosiger.

„So, das hätten wir geschafft. Dort vorne ist der Ort Dumbai. Hier werde ich einen alten Freund besuchen und ein paar Stunden verweilen", eröffnete Badu seinen Plan.

„Mir ist alles recht. Die Hauptsache ist, wir haben dieses Ungetüm verlassen", entgegnete Addae noch ein wenig erschöpft.

„Sag mal, habe ich das richtig verstanden? Wie willst du deine Reise denn eigentlich schaffen, wenn du nicht seetüchtig bist? Daran musst du wohl noch ein wenig arbeiten, oder?", kam ein wenig spöttisch von dem Fahrer.

Dieser Einwand blieb zunächst unbeantwortet. Nur langsam bewegten sich die mit der Fähre angekommenen Fahrzeuge auf der befestigten Hauptstraße durch Dumbai.

„So, jetzt besuchen wir erst einmal meinen alten Freund Aalim", kündigte Badu an und bog in eine der Seitenstraßen ein, wo weniger Verkehr war.

Am Ende dieser unbefestigten Piste befand sich ein stattliches Gebäude. Es stand auf einer leichten Anhöhe, wo der LKW nun hielt und von wo aus der Blick über das Flusstal überwältigend war. Addae sah, wie sich die Fähre auf der Rückfahrt erneut den Weg durch die Fluten bahnte. Einige Wasservögel begleiteten sie auf diesem Weg und das Wasser glitzerte magisch im Sonnenlicht. Er schaute gebannt auf diese Idylle, ließ seine Gedanken in die Ferne schweifen und dachte daran, wie es wohl seiner Familie gehen möge. Dabei bemerkte er gar nicht, dass Badu den Motor abstellte und wie es ohne Motorengeräusch nun plötzlich ruhig geworden war.

Badu wartete noch ein wenig, erst dann unterbrach er Addaes versunkenen Moment: „Wir sind erst einmal angekommen. Lass uns aussteigen und bei Essen und Trinken ein wenig ausruhen."

„Hm? Ja, ja! Was ist das hier überhaupt?"

„Das wirst du gleich aus erster Hand erfahren", kam als Erwiderung.

Vor ihnen erhob sich ein großer viereckiger verwitterter Sandsteinbau mit einem großen

Innenhof. Als sie diesen Hof betraten, eröffnete sich vor ihnen eine weitläufige treppenförmige rundum laufende Tribüne mit einigen erhobenen Logenplätzen, auf denen wenige morsch aussehende Stühle standen. Linksseitig vom Eingang befand sich eine sehr schmale Bühne und auf der gegenüberliegenden Seite war der Überrest eines überhohen Podestes zu sehen, das nur mit Hilfe einer Leiter zu erklimmen war. Hier thronte ein etwas betagter hagerer Mann mit einem weißen, aber leicht angegrauten Turban auf dem Kopf und einem dazu passenden Kaftan.

„Badu! Mein Junge! Was verschlägt dich nach so langer Zeit wieder einmal in diese gottverlassene Gegend?", ertönte eine etwas krächzende Stimme von dem Podest und der vom Leben gezeichnete Mann klatschte erfreut in die Hände. Langsam kletterte er die hölzerne Leiter herab.

„Mann, ist das toll, einmal wieder in deinen heiligen Hallen sein zu dürfen", war Badus Begrüßung während der gegenseitigen Umarmung.

„Wen hast du da mitgebracht?", wollte der alte Mann wissen.

„Das ist seit gestern mein Beifahrer, Addae."

„Guten Tag, Addae! Mein Name ist Aalim und das ist mein bescheidenes Reich." Der junge Mann wurde mit Handschlag begrüßt, wonach der Alte an seiner Hand roch. Dann bedeutete Aalim seinen Besuchern mit einer winkenden Handbewegung, ihm zu folgen. Alle drei betraten einen kühlen Raum, in dem es Kaltgetränke und etwas zu essen gab.

„Was ist das hier für ein Gebäude?", fragte Addae interessiert.

„Ein Kino!", antwortete der alte Mann prompt. „Ja, hier wurden vor nicht allzu langer Zeit Filme vorgeführt und das Haus war fast immer bis fast auf den letzten Platz besetzt."

„Aber was ist passiert?", fragte Addae, während er an dem Getränk nippte.

„Was passiert ist?", kam ein wenig empört zurück. „Überfallen haben sie mich, und das nicht nur einmal. Immer und immer wieder kamen sie aus den Bergen und raubten alles, was nicht niet- und nagelfest war. Sogar den Projektor haben sie zum Schluss gestohlen und ohne den geht hier gar nichts."

„Hat sich seitens der Regierung immer noch nichts getan?", ging Badu kurz dazwischen.

„Ach was! Da wird sich auch niemand drum kümmern. Was glaubst du denn? Damals saßen hier alle mit Rang und Namen und genossen bei untergehender Sonne die größten Filmstreifen von A bis Z. Jetzt will keiner mehr etwas von mir wissen, obwohl ein jeder mir in die Hand versprach, helfen zu wollen."

Traurig schnaufte der alte Mann, zuckte resigniert mit den Schultern und sackte in sich zusammen. Addae wusste nicht so recht, was er dazu sagen sollte. Er schaute Hilfe suchend Badu an, der aber beschwichtigend abwinkte. Er kannte derartige Situationen wohl schon aus der Vergangenheit und wusste, dass Aalim es nie so ganz verschmerzen konnte, was vor einigen Jahren passiert war.

„Komm mal mit", forderte der alte Mann Addae auf und nahm ihn an der Hand, „ich will dir etwas zeigen."

In einem Seitenraum stand in einem Regal eine Unzahl von alten Filmrollen. Teilweise hatten sie einen Durchmesser von etwa einem Meter. Jede Dose war fein säuberlich nummeriert und beschriftet – allerdings konnte Addae die Beschriftungen nicht lesen.

„Du kannst nicht lesen?", fragte Aalim vorwurfsvoll, „das musst du aber ändern! Lesen und schreiben eröffnen dir die Welt: Damit kannst an jeden Ort reisen, wohin du willst." Diese Aussage unterstützte er mit einer kreisförmigen Bewegung seiner Arme und trat dabei auf den Innenhof des Open-Air-Kinos hinaus, als würde er wie ein Schauspieler die große Bühne der Welt betreten.

„Weißt du, ich bin zwar nur Filmvorführer gewesen", fuhr er fort, „aber eines der wichtigsten Handwerkszeuge der Kommunikation habe ich schon erlernt. Filme sind zwar fantastisch, denn sie eröffnen einem jeden eine wundervolle Welt. Aber es ist eine vorgegaukelte Welt und nicht deine eigene. Schreiben und Lesen aber – damit kannst du deine ureigene Fantasie ausleben. Es ist wie das Reisen in ferne Länder. Vergiss das nie!", beendete Aalim sein Plädoyer und tippte dabei auf Addaes Stirn.

In diesem Moment erschien Badu wieder auf der Bühne und holte beide in die Gegenwart zurück: „So, wir müssen weiter – die Zeit drängt. Leider konnten wir heute nur kurz hier verweilen. Ein Fahrer auf der Fähre sagte, dass wir einen Umweg fahren müssen, weil die schnelle Strecke über die befestigte Landstraße wegen erneuter Übergriffe durch Wegelagerer zu unsicher sei. Wir müssen durch die Berge fahren."

„Na, hoffentlich ist das keine Finte", ermahnte der alte Mann und verabschiedete sich herzlich von seinen beiden Gästen.

Noch lange Zeit stand Aalim vor seinem verlassenen Kino, um ihnen zu winken. Addae schaute zurück und erwiderte den Abschiedsgruß. Nach und nach wurde der alte Mann auf der Anhöhe kleiner und kleiner, bis er nur noch zu erahnen war. Seine Worte hatten bei seinem jungen Besucher großen Eindruck hinterlassen und er wollte sie stets in seiner Erinnerung bewahren.

„Na, das sieht man auch nicht alle Tage, oder?", unterbrach Badu die Stille.

„Das war wirklich sehr beindruckend", gab Addae zu, „besonders Aalim. Er ist nicht nur alt, sondern auch sehr weise. Aber sag mal, warum hat er denn zu Anfang nach der Begrüßung an seiner Hand gerochen?"

„Meine Güte!", echauffierte sich der Fahrer, „was ist denn da bei euch los? Pflegt ihr in Yendi denn gar keine Rituale, außer Könige auf den Thron zu setzen oder sie am Ende dann zu ermorden? Dieser Brauch ist doch überall verbreitet. Der Geruch seiner Hände verrät sehr viel über einen Menschen. Erst mal sagt er dir, ob jemand krank ist, aber er wird es dir auch verraten, wenn dir jemand feindlich gesonnen ist."

„Ach was!", entgegnete Addae, „ich sehe nur immer den Schmutz an den Händen der anderen – und da soll ich so was unterscheiden können?"

„Wenn ich's dir sage!", antworte Badu kurz.

Der LKW erreichte langsam den Rand von Dumbai, aber trotzdem wurden der Verkehr und die Menschenmenge immer dichter.

„Da sind sie wieder alle, die neugierigen Touristen und Pilger", schimpfte der LKW-Fahrer, für den das nichts als Zeitverlust bedeutete.

„Warum sind denn hier so viele Menschen?", wunderte sich Addae.

„Hier steht in irgendeinem der vielen Gebäude – frag mich bloß nicht, wo – der sogenannte Tigare-Schrein. Ich kann dir nicht sagen, welche Bedeutung er hat und warum so viele Menschen den sehen wollen. Allerdings habe ich gehört, dass dieser Schrein etwas mit den Seelen der Ahnen zu tun haben soll und die Ahnen haben ja überall eine große Bedeutung."

Von dem jungen Mann auf dem Beifahrersitz kam erst einmal keine Reaktion. Er war zu sehr damit beschäftigt, das rege und bunte Treiben auf der Straße zu beobachten. Die Menschen hier mussten aus aller Herren Länder stammen – ihre Kleidung verriet teilweise die Herkunft. Allerdings gab es dazwischen auch einige Touristen aus Europa, deren industriell hergestellte Kleidung kaum aussagekräftig war und über die Herkunft nur sehr allgemein

Auskunft gab. Addae wunderte sich sehr, dass ein einzelner Gegenstand so viel Anziehungskraft auf Menschen haben konnte. Da pilgerten also Unmengen von Menschen aus den unterschiedlichsten Nationen zu einem Gegenstand der verstorbenen Ahnen, die aber kaum zu bewegen waren, wenn es darum ging, in Not geratenen lebenden Menschen zu helfen.

*

A ddae wollte gerade Luft holen, um weiter zu erzählen, als sich die Tür zum Krankenzimmer öffnete.

„Es tut mir schrecklich leid, dass ich störe, aber Herr Kwame muss zu einer dringenden Untersuchung", unterbrach eine Krankenschwester die umfangreiche Erzählung.

„Ist nicht so schlimm", beschwichtigte der Kommissar, „am besten komme ich dann morgen wieder. Für heute reicht es dann auch erst einmal."

Kurt Bernhard fuhr zu seiner Dienststelle zurück und war mit seinen Gedanken noch immer bei dem Gespräch, das er mit dem Opfer geführt hatte. Einerseits war er recht zufrieden, da Addae zu-

mindest redselig war. Andererseits hatte er aber auch nicht viel in Erfahrung bringen können.

Sein untergebener Partner im Büro war bereits etwas ungeduldig.

„Man, wo warst du so lange? Die Staatsanwaltschaft hat bereits angerufen und wollte nähere Informationen!"

„Ja, sage mal, sind die verrückt?" wetterte Kurt laut los. „Die sollen mich einfach in Ruhe arbeiten lassen. Ich kann mir doch nicht einfach so etwas aus den Fingern saugen. Der Kerl erzählt mir da seine halbe Lebensgeschichte und dann soll ich mal so eben einen Tatverdacht aus dem Hut zaubern? Wie stellen die sich das eigentlich vor?"

„Ist ja gut", versuchte der Kollege seinen Chef zu beruhigen, „ich habe aber auch eine gute Nachricht."

„Na, dann schieß mal los, Herbert!" Kurt war nun voller Erwartung.

„Die Kriminaltechniker haben einige gute Fingerabdrücke auf den Scherben gefunden."

„Das ist ja mal was", war die brummelnde Reaktion, „aber auch das führt uns in eine Sackgasse: Diese Saukerle sind ja nirgendwo registriert, wie sollen wir da einen Vergleichsabdruck in unserem System

finden? Aber die sollen trotzdem einen Durchlauf starten!"

„Okay! Okay! Aber was hältst du davon, wenn du jetzt erst einmal Feierabend machst und morgen fangen wir mit neuem Elan an?" Herbert versuchte noch immer, seinen Partner wieder aufzubauen.

„Das ist ein guter Vorschlag. Ich wollte heute ohnehin meinen Motorroller abholen", bekräftigte Kurt.

„Was? Du kaufst dir einen Motorroller?" fragte Herbert verwundert nach.

„Richtig! Ich bin es leid, diese ewige Plackerei mit dem alten Drahtesel! Und außerdem hat man mit so einem Roller auch keine Parkplatzprobleme. So, ich sag adios – bis morgen!"

Am nächsten Morgen war Kurt tatsächlich mit dem Motorroller unterwegs und mächtig stolz auf seinen neuen zweirädrigen Freund. Niemand sprach ihn mit „Alles klar, Herr Kommissar?" an und anstrengen musste er sich auch nicht.

Frohen Mutes platzte er im Büro herein und strotzte nur so von Ideen.

„Was ist denn mit dir los?" fragte Herbert verwundert.

„Alles bestens!" kam als Erwiderung, „ich werde mich erst einmal bei der STA melden und die noch ein wenig hinhalten. Danach suche ich die Kollegen von der Soko ‚Straßenraub' auf. Es gibt doch da so eine Gang von jungen Männern aus Ghana, die in der Innenstadt immer Passanten überfallen. Vielleicht gibt es da einen Zusammenhang. Du forderst bitte noch einmal die Flasche mit den Fingerabdrücken zurück. Mit der habe ich noch etwas vor."

„Wie ist es eigentlich gestern mit deinem Roller gelaufen?" wollte Herbert noch wissen.

„Bestens!" kam euphorisch als Antwort, „bin heute auch schon mit dem Gefährt zur Arbeit gekommen. Ist ein tolles Gefühl! Ich werde nachher auch noch zu dem Opfer ins Krankenhaus fahren – und nicht wundern – ich bin mit meinem Roller unterwegs."

„Quietscht ja noch reichlich, oder?!" pflichtete ein anderer Kollege bei, „das hört nur auf, wenn man den Kollegen etwas ausgibt, Chef!"

Kurt antwortete erst gar nicht auf diese Spitze.

Das Gespräch mit dem Staatsanwalt war nicht besonders erfreulich, da der Kripobeamte reichlich unter Druck gesetzt wurde, möglichst bald

Ergebnisse zu liefern. Der Grund dafür war, dass dieser Fall sowohl gesellschaftlich, als auch politisch reichlich in den Fokus gerückt worden war. Der Besuch bei der Sonderkommission war hingegen sehr erfolgreich, da man Kurt hier sogleich alle Unterstützung zusagte. Der Leiter überließ dem Oberkommissar einige Ermittlungsakten, um darin möglicherweise Verbindungen zu dem versuchten Tötungsdelikt zu finden.

Dann machte sich der Beamte wieder auf den Weg ins Krankenhaus, um Addaes Ausführungen weiter zu lauschen.

*

Langsam dünnten sich die Massen der Heranströmenden aus und als sie mit ihrem Gefährt von der Hauptstraße in Richtung Berge abbogen, wurde es auffallend einsamer. Während sich im Ort der gesamte Verkehr aufstaute, begegnete ihnen nun kaum noch ein Mensch oder Fahrzeug. Der LKW quälte sich mühselig die Serpentinen empor und drängte sich vorsichtig um jede Haarnadelkurve. Nach und nach wurde das Gewässer, das sie vor nicht allzu langer Zeit überquert hatten, immer kleiner und die Betrachter bekamen aus der Höhe einen Überblick über die Größe des Volta-Sees und dessen verzweigende Flussläufe. Während Addae diesen Ausblick kaum verarbeiten konnte, saß Badu hochkonzentriert hinter seinem Lenkrad und konnte nur selten einen Blick auf diese atemberaubende Landschaft wagen. Die beiden wechselten nur wenige Worte.

Allmählich näherte sich die Sonne dem Horizont und verfärbte sich von gleißend hell in orange und schließlich in tiefes Rot. Dann wurde es sehr schnell dunkel. Die Scheinwerfer des LKW spendeten gerade das nötige Licht, um die kurvige und enge Bergstraße auszuleuchten.

„Und hier soll es sicherer sein? Hier wird uns vielleicht niemand überfallen, aber dafür werden wir sicher in eine tiefe Schlucht stürzen und dort bis zur Ewigkeit versauern", merkte Addae mit bedenklichem Gesichtsausdruck an.

„Na ja – lieber eine unwegsame Strecke, als in die Fänge von Räubern zu geraten. Außerdem kenne ich die Strecke, bin sie schon mal gefahren", entgegnete Badu monoton.

„Na, da bin ich ja beruhigt. Wie oft heißt bei dir denn ‚schon mal', mein Freund?"

Der Fahrer antwortete nicht sofort. Im Hintergrund dudelte aus dem Kassettengerät undefinierbare

Musik und dann kam recht zögerlich die Antwort: „Willst du's wirklich wissen? – Einmal habe ich bislang diesen Weg gewählt."

Addae schluckte ein paar Mal und seine Augen starrten in die Finsternis, die das wenige Scheinwerferlicht zu verschlingen schien. „Na, dann wollen wir mal hoffen, dass wir nicht von dem tiefen schwarzen Loch, das dort draußen auf uns wartet, geschluckt werden."

„Die Chancen stehen gut für uns und du solltest meiner Fahrkunst wirklich ein wenig mehr Vertrauen schenken. Oder hattest du bisher damit ein Problem?"

Addae beantwortete diese Fangfrage lieber nicht. Stattdessen starrte er angestrengt in die Dunkelheit, um das Unheil gegebenenfalls zumindest auf sich zukommen zu sehen.

Die Nacht zog sich zäh wie ein immer länger werdendes Gummiband dahin. Der Weg war mühselig und für den Fahrer sehr anstrengend. Mit der langsam eintretenden Morgendämmerung kam auch die Erleichterung: Sowohl Addae als auch sein Fahrer atmeten auf. Aber nachdem sie die Dunkelheit überwunden hatten, tat sich ihr Gefährt nun mit jeder Steigung immer schwerer, als würde es seine letzten Kräfte mobilisieren und kaum noch Luft bekommen.

„Misst! Jetzt auch noch das!", fluchte Badu.

„Was ist los?", fragte Addae besorgt.

„Na, merkst du das nicht? Unser LKW wirkt ein wenig kraftlos. Ich vermute, der Vergaser ist dicht."

„Ja, und was bedeutet das jetzt?"

„Ist nicht weiter schlimm. Wir halten bei der nächsten Gelegenheit an und ich baue einen neuen", beruhigte der Fahrer seinen jungen Begleiter. Dabei griff er schon in den Mülleimer und holte eine leere Cola-Dose heraus.

„Brauchst du was zu trinken? Oder was willst du mir damit sagen?", fragte Addae verdutzt.

„Nein, das ist unser neuer Vergaser", kam als Antwort.

„Du, verarschen kann ich mich auch alleine", schimpfte Addae. „Wie soll das denn funktionieren?"

„Das zeige ich dir gleich", antwortete Badu selbstsicher und lenkte den LKW auf eine kleine Freifläche neben der Straße.

Aus einem kleinen Koffer holte er Werkzeug, schnitt die Dose auseinander, bog sie ein wenig zurecht und versah die Seiten noch mit ein paar Öffnungen. Dann setzte er die die Ober- und Unterhälfte wieder zusammen.

„Fertig! Jetzt brauche ich das Teil nur noch fachgerecht einzubauen!" Mit einem Lächeln präsentierte Badu das neue Bauteil.

„Das soll funktionieren?", fragte Addae noch immer skeptisch.

„Ich werde es dir beweisen. Komm mit, du kannst mir dabei helfen und das Werkzeug anreichen."

Der Kraftfahrer kletterte an der Schnauze des LKW hoch und öffnete die schwere Haube. Um an den alten Vergaser zu gelangen, musste er sich tief in den Motorraum hineinbeugen, bis kaum noch etwas von ihm zu sehen war. Aus der Tiefe hallte seine Stimme aus der Öffnung und klang ein wenig wie aus einer übergroßen Dose.

„Reiche mir jetzt mal die große Rohrzange und den Zwölfer!", forderte Badu und winkte erwartungsvoll mit der linken Hand. Das mit der Zange verstand Addae zweifelsfrei, aber was mit dem Zwölfer gemeint war, konnte er nur raten und reichte probehalber einen Hammer an.

„Was soll das denn?", fluchte der zeitweilige Handwerker und kam mühsam aus dem Motorraum herausgeklettert. „Das hier ist ein Zwölfer-Maulschlüssel!", zeigte Badu dem Unwissenden bestimmend.

„Warum sagst du das nicht gleich?", entgegnete Addae verdutzt, aber da war Badu schon wieder in der Versenkung verschwunden und brummelte etwas Unverständliches vor sich hin.

Kurz darauf drangen knirschende und klappernde Geräusche aus dem Reparaturbereich und dann fiel der defekte Vergaser – genauer gesagt eine zuvor dafür umfunktionierte Cola-Dose – auf den Boden unter dem Motor.

„Die neue!", rief Badu fordernd, aber es geschah nichts. Es kam noch nicht einmal eine Nachfrage. „Mann, was ist denn nun schon wieder? Das kann doch nicht so schwierig sein!", fluchte der junge Mann und kam erneut mühselig aus dem Motorraum gekrochen.

„So, bist du mir keine Hil...", wollte Badu gerade lospoltern, aber dann sah er, weshalb Addae nicht reagierte: Er befand sich in der Gewalt von zwei maskierten Männern und ein dritter richtete eine Maschinenpistole auf ihn.

„Was soll das? Nehmen Sie gefälligst die Waffe weg und lassen Sie meinen Freund los!", forderte Badu und ging auf den Mann mit der Schusswaffe zu.

„Nein!", schrie Addae, „lass das und bleib einfach ruhig!"

Im letzten Moment versuchte er sich noch von seinen Bewachern loszureißen, aber da war es bereits zu spät: Der bewaffnete Räuber schoss unvermittelt auf Badu, der sofort in sich zusammensackte. Die Schüsse aus nächster Nähe trafen das Opfer in Brust und Bauch.

Seine Bewacher ließen Addae los und er kniete sich über Badu, als wolle er seinen Freund vor weiteren Angriffen schützen. Dabei schaute er dem Schützen ins Gesicht und fragte ihn verzweifelt: „Warum? Was hat er dir getan? Er war doch gar nicht bewaffnet! Warum?"

„Schweig! Sonst bist du auch fällig!", schrie der Schütze und rammte ihm das Griffstück der Schusswaffe mit voller Wucht ins Gesicht.

Addae verlor für kurze Zeit das Bewusstsein. Die Männer rissen ihn hoch und trugen ihn zu einem Geländewagen in der Nähe, auf dessen Ladefläche er wie ein Gepäckstück geworfen wurde.

Als Addae langsam wieder aus seiner Bewusstlosigkeit erwachte, war die Fahrt durch das unwegsame Gelände bereits in vollem Gange. Die höher gestiegene Sonne blendete ihn, so dass er von seinem Umfeld nur wenig erkennen konnte. Er hatte Angst, sich zu bewegen und fürchtete, dass ihn die Entführer noch schlimmer zurichten oder ihn wie Badu einfach umbringen würden. Mit geschlossenen Augen hörte er angespannt der Unterhaltung der Männer zu.

„Warum hast du ihn gleich abgeknallt? Er hätte uns vielleicht noch nützlich sein können!", schimpfte der Fahrer.

„Wenn der mich so angeht? Ich lasse mir doch von so einem Penner nichts gefallen!", versuchte sich der Todesschütze zu rechtfertigen.

„Na, mal sehen, was der Boss dazu sagt. Der findet das bestimmt nicht gut. So etwas gibt immer nur Scherereien. Ich hoffe ja nur, dass Anum die Spuren beseitigen kann und den LKW flott bekommt, damit überhaupt etwas dabei herausspringt und wir etwas vorweisen können."

Plötzlich stoppte der Geländewagen und Addae hörte einiges Stimmengewirr. Die beiden Männer packten Addae, hievten ihn von der Ladefläche und schleiften seinen Körper wie einen wertlosen Sack zu einer Hütte, in der sie ihn niederwarfen. Der Aufprall auf dem stinkenden Boden war hart und schmerzhaft. Mit lautem Krachen fiel die Holztür zu und es wurde dunkel in der unbekannten Umgebung. Nur langsam richtete sich Addae auf, vorsichtig kauerte er sich in eine Ecke und nur allmählich gewöhnten sich die Augen an die Dunkelheit. Es war zu spüren, dass sich noch eine Person in der Hütte befand; deutliche Atemgeräusche waren zu hören.

„Ist da jemand?", fragte der Neuankömmling vorsichtig, ohne zu wissen, wer oder was ihm antworten könnte.

Eine ganze Weile lang kam keine Reaktion, bis sich dann schüchtern eine schmächtige Person in einem der zarten Lichtstrahlen zeigte, die durch die Ritzen in der Bretterwand fielen. Dem jungen Mann sah man deutlich an, dass er wohl schon länger diesen Räubern ausgesetzt war: Der ausgehungerte Körper konnte sich nur sehr langsam bewegen und hatte sichtlich unter Schlägen und anderen Martyrien gelitten.

„Hallo, ich heiße Godana", stellte sich der junge Mann mit schwacher Stimme vor.

Addae war so entsetzt über dessen Zustand, dass er zuerst einmal gar nicht antworten konnte. Ihm fehlten die Worte und für einige Momente war er wie gelähmt.

„Addae ist mein Name", kam von ihm dann zunächst nur zögerlich. „Was ist geschehen? Wer hat dich so zugerichtet? Was ist das hier für ein grausamer Ort?"

„Das willst du, glaube ich, gar nicht wissen. Wenn es eine Hölle gibt, dann ist sie das hier", antwortete Godana düster.

„Was sind das für Menschen, die dir das angetan haben?", bohrte Addae weiter.

„Wie, das hast du noch nicht bemerkt? Räuber sind das und du bist mitten in ihrer verdammten Höhle gelandet!", ereiferte sich der junge Mann. „Zuerst kannst du ihnen Fronarbeit leisten und irgendwann benutzen sie dich als Punchingball."

„Was ist denn ein Punchingball?"

„Na, die verprügeln dich nach Strich und Faden – sie trainieren an dir", empörte sich Godana über die Unwissenheit seines Gegenübers.

Addae hatte nicht wenige Schwierigkeiten mit der Aussprache des jungen Mannes, da dieser offenbar aus einer anderen Ecke Ghanas kam, wo ein anderer Dialekt gesprochen wurde. Zunächst verstummten beide und horchten auf das rege Treiben vor der Hütte. Es klang weniger menschlich als animalisch.

Neben dem lauten Grölen und Lachen rauer Männerstimmen war übles Grunzen und Rülpsen zu hören. Mehrere Male bollerte ein anscheinend zufällig vorbei eilender Räuber provokant gegen die Holztür.

Plötzlich war an der Außenwand der Hütte ein Plätschern zu hören. Es war eines dieser Ungeheuer, das dort urinierte – wohl wissend, dass einer der Gefangenen, die auf der anderen Seite saßen, durch die undichte Wand direkt getroffen werden konnte. Mit einem Ekelgefühl schreckte Addae auf und setzte sich woanders hin, wobei ihm klar war, dass dies auf dem verseuchten Boden sicher ein sinnloses Unterfangen war. Neben seinem neuen Sitzplatz entdeckte er eine kleine Lücke in der Wand. Vorsichtig lugte er durch dieses kleine Schlupfloch, um ein wenig von dem gruseligen Treiben vor der Hütte zu erhaschen.

„Das würde ich an deiner Stelle nicht tun. Könnte böse enden", warnte Godana.

Kaum hatte er es ausgesprochen, da knallte es genau an der Stelle, wo Addae mit einem Auge herausspähte, gegen die instabile Wand. Einer der Verbrecher hatte genau dort mit voller Wucht gegen die Bretter geschlagen, dass die Hütte erbebte. Er hatte die Neugier und Unwissenheit des Neuankömmlings wohl erahnt und damit Recht gehabt.

Für einen kurzen Moment sah Addae Sterne und sein Kopf brummte gewaltig – ganz abgesehen von dem Schrecken, durch den er in den Dreck in der Mitte der Hütte geschleudert wurde.

Als er sich wieder einigermaßen erholt hatte, hörte er seinen Hüttengenossen lamentieren: „Hab ich es dir nicht gesagt? Das machen sie immer so. Weil sie genau wissen, dass Neue durch die Lücke spähen. Ist mir auch passiert."

„Davon kann ich mir im Moment auch nichts kaufen. Mann, mir brummt ganz schön der Schädel", kam als Erwiderung.

Addae blieb eine ganze Weile auf dem Boden liegen. Er hätte wohl schon wieder aufstehen können, aber ihm gingen jetzt viele Gedanken über die vergangenen Tage durch den Kopf. Er dachte an Yendi, an seine Familie und an die schöne Zeit, als in seiner Heimatstadt noch alles friedlich gewesen war. Er stellte verwundert fest, dass plötzlich seine gesamte Welt zusammengebrochen war: Die Gedanken an die schöne Zeit seiner Kindheit verschwanden hinter einem grauen Schleier und um ihn herum wurde es dunkel und kalt. Und die schrecklichen Ereignisse, sowohl in seiner Heimat als auch gegenwärtig, veränderten auch ihn selbst. Addae fragte sich, ob es richtig gewesen war, sein Dorf und seine Familie einfach zu verlassen. Schlimmer hätte es dort auch nicht kommen können – und dort hätte er sich wenigstens ausgekannt und nicht in dieser Ungewissheit geschwebt.

Plötzlich wurden seine Gedanken unterbrochen: Die Tür der Hütte flog mit brachialer Wucht zur Seite und die Öffnung wurde durch einen Riesen von Mann ausgefüllt.

„Mitkommen!", schrie er Addae an und ergriff ihn gleichzeitig, zerrte ihn aus der Hütte und über den Platz ins Ungewisse. Addae war vom Sonnenlicht geblendet und konnte kaum etwas sehen. Am anderen Ende des Lagers schleuderte der Grobian sein Opfer wie einen Müllsack über den Boden. Als Addae nach einigen Überschlägen schmerzhaft zum Liegen kam, sah er sich einem Unterstand gegenüber, der offensichtlich der gesamten Bande als Abort diente. Es stank bestialisch und brannte so stark in den Atemwegen, dass ihm das Atmen kaum noch möglich war.

„Los, sauber machen!", brüllte der Riese und schubste ihn noch einmal beiläufig um.

Addae wusste nicht, wie er das überstehen sollte. Irgendwo stand ein verdreckter Eimer und ein dazu passender Lappen lag daneben.

„Wasser?", fragte er vorsichtig.

Sein Aufseher zeigte stumm in Richtung eines Wasserlochs und begleitete ihn dorthin. Mühselig erfüllte Addae seine neue Aufgabe und die folgenden Tage verliefen nach ähnlichem Muster. Schon bald hatte er sich an den Gestank gewöhnt, aber der ständige Kontakt mit dem Schmutz ohne eine Möglichkeit, sich gründlich zu waschen, setzte ihm zu und er vermutete, dass eine gewisse Absicht dahintersteckte.

Zwischenzeitlich wurde er immer wieder in der Hütte eingesperrt, wo die Hitze tagsüber kaum zu ertragen war. Zu essen gab es Abfälle, die teilweise kaum noch genießbar waren und das Trinkwasser war eine stinkende Brühe, die wahrscheinlich noch nicht einmal Tiere anrühren würden. Schon nach wenigen Tagen fühlte sich Addae ausgemergelt und kraftlos. Allerdings interessierte das keinen seiner Ausbeuter.

Wenigstens war aber noch immer Godana da, mit dem er sich austauschen konnte, auch wenn dieser ihm keineswegs gute Aussichten zu bieten hatte. Außerdem wurde auch Godana von Tag zu Tag schwächer, so dass von ihm bald nur noch wenig Kommunikation ausging.

In den Nächten lag Addae meistens wach, da die Hütte stets von Ratten oder Mäusen bevölkert war. Er war von zu Hause einiges gewohnt, wie beispielsweise Schaben oder auch Ameisen, aber diese Größenordnung von Ungeziefer war ihm nicht bekannt und auch alles andere als geheuer. Eines Nachts bekam er zufällig ein Gespräch vor seiner Hütte mit, bei dem es um Godana und ihn ging:

„Ab morgen ist der Neue fällig, hat der Boss gesagt."

„Na, mal sehen, was mit den Überresten von dem anderen Burschen passiert. Was meinst du – wird er entsorgt oder verkauft?"

„Ich schätze mal, mit dem ist nichts mehr anzufangen."

„Bin echt gespannt, wie sich der Neuling so schlägt. Mal sehen …"

Die beiden Männer hatten sich während des Gesprächs langsam entfernt, so dass Addae den Rest des Gesprächs nicht mehr hören konnte.

Bis zum Morgen nickte er tatsächlich noch einmal ein und wurde dann abrupt geweckt, als einer der Wächter die Hütte betrat und Godana an einem Bein packte, um ihn wie ein Stück Vieh herauszuzerren.

„Nein! Nein!", schrie Addae, „das könnt ihr nicht machen! Hört auf!"

Er wollte den fast leblosen Körper Godanas noch festhalten, aber dann fiel ihm ein, dass er Godana dadurch eher schaden würde, und so ließ er davon ab. Nun konnte Addae auch das nächtliche Gespräch deuten und erahnen, was Godana nun bevorstand. Dann fragte er sich bange, was ihn selbst an diesem Tag noch erwarten würde.

Die nächsten Stunden wurden für ihn zur Qual. Die Ungewissheit und seine stetig steigende Angst wurden unerträglich. Ihm war bewusst, dass es kein Entkommen gab: Er musste der Tatsache ins Auge schauen, dass er auf jeden Fall eines qualvollen Todes sterben würde. So hatte er sich seine Reise in die sogenannte bessere Welt nun wirklich nicht vorgestellt.

Plötzlich wurde die Holztür aufgestoßen und derselbe kräftige Mann, der einige Stunden zuvor Godana aus Hütte gezerrt hatte, packte ihn nun am Arm. Wie ein Schraubstock zog sich die starke Hand um Addaes Unterarm zu, so dass dieser schon fürchtete, der Hüne würde seine Knochen an dieser Stelle abtrennen.

„Mitkommen!" war das einzige Wort.

Wie ein nasser Sack wurde er nun durch das Hüttendorf gezerrt und ein jeder betrachtete ihn wie Schlachtvieh, das nicht einmal den Hauch einer Chance hatte. Das fiese Grinsen in den Gesichtern der Männer verriet ihm, dass sie alle wussten, wie sein Ende aussehen würde. Es war, als würden sie ihn auslachen.

Addae stolperte immer wieder und fiel in den trockenen Staub, aber der Hüne richtete ihn stets wieder auf, um ihn nun unausweichlich der Arena eines ungleichen Kampfes zuzuführen. Es war nur ein kleiner Platz, der von den Räubern lückenlos umringt wurde, die ihn alle mit erwartungsvollen und finsteren Blicken musterten.

Inmitten dieser Runde stand ein Mann, der von Muskeln nur so strotzte. „Das muss der Boss sein", vermutete Addae, der ihn allerdings noch nie zuvor gesehen hatte. Sie nannten ihn Aga, was so viel wie Schwert heißt. Von allen Seiten grölten die Männer wie im Wahn. Für sie musste dies so etwas wie ein Fest sein. Wie ein scheues Tier schaute Addae in die Runde und sah fast nur in vor Wahnsinn starre Augen.

„So, du bist also das neue Freiwild. Dann wollen wir mal sehen, was du so kannst!", brüllte Aga ihn an und stürzte sich umgehend auf ihn.

Sein Opfer konnte dem Koloss durch eine flinke Seitwärtsbewegung gerade noch ausweichen. Das war Addaes einziger Vorteil: Durch seinen schlanken Körper war er um einiges beweglicher als dieser behäbige Muskelprotz. Aber wie lange könnte er das durchhalten? – Ein einziger Treffer durch diese ungebändigte Kraft und von ihm wäre nichts mehr übrig. Außerdem hatte er nicht nur Aga gegen sich, sondern auch die umstehende Menge. Sie buhte ihn immer wieder aus für seine Untätigkeit und seine Ausweichmanöver. Da Addae immer wieder von aufgebrachten Zuschauern in Richtung des Angreifers gestoßen wurde, hätte Aga ihn das eine oder andere Mal beinahe mit einem heftigen Schwinger erwischt.

Eine ganze Weile lang hielt der bewegliche und schmächtige Kämpfer dieses Spielchen durch, aber schon bald fühlte er seine Kräfte schwinden. Während sich sein Gegenüber immer wieder mit Wasser erfrischte, war das für ihn nicht möglich.

Und dann geschah es: Ein einziger unaufmerksamer Moment genügte und schon erwischte ihn Agas Faust am Kopf. Es war, als wäre er von einem ungebremsten LKW überfahren worden: Addae ging sofort zu Boden und für einen Moment wurde ihm schwarz vor Augen. Allerdings bekam er sehr bald wieder mit, was um ihn herum geschah.

„Steh auf, Mann! Kämpfe wie ein Mann!", brüllte Aga. „Soll das etwa alles gewesen sein? Mehr kannst du nicht?"

In diesem Moment erinnerte sich Addae an die Worte Godanas: „Bleibe liegen, wenn du k. o. gegangen bist. Tu so, als wärest du bewusstlos. Das ist deine einzige Chance, zu überleben."

Mittlerweile stieß ihn von links und rechts die aufgebrachte Menge an, als wollten die Männer prüfen, ob noch Leben in dem Körper steckte. Die Rechnung ging aber offensichtlich auf. Es dauerte nicht lange und Aga gab die Anweisung: „Schafft ihn fort! Er ist es nicht wert, weiterzukämpfen. Er ist ein Hasenfuß!"

„Was sollen wir mit ihm machen? Soll er entsorgt werden?", fragte einer der Männer.

Es dauerte einige Momente, bis Aga antwortete: „Nein, frischt ihn in den nächsten Tagen ein wenig auf. Ich will versuchen, ihn in Accra zu verkaufen, damit er uns wenigstens noch etwas einbringt."

Damit hatte niemand der Anwesenden gerechnet. Selbst Addae war verwundert – und unendlich erleichtert. Die folgenden Tage verliefen für ihn vergleichsweise ruhig. Er brauchte nur noch leichte Aufgaben zu erfüllen und wurde auch nicht mehr so getriezt wie zuvor.

Bis zur Abreise nach Accra erholte er sich wieder recht gut von den Strapazen der letzten Wochen, in denen er oft gedacht hatte, er würde diese Hölle nicht überleben. Mit etwas Wehmut kreisten seine Gedanken um die beiden Weggefährten, die ihr Leben hatten lassen müssen. Sie hatten ein großes Opfer gebracht und ihnen gegenüber fühlte er sich nun auch verpflichtet, seinen Weg fortzusetzen. Er musste an eine Lebensweisheit denken, die ihm der alte Kinobetreiber Aalim mit auf den Weg gegeben hatte: „Denke daran, mein Junge: Wer nur in die Vergangenheit schaut, kann die Zukunft nicht gestalten."

Dann ging es endlich los in Richtung Hauptstadt. Addae schien es eine Ironie des Schicksals, dass er auf dem alten LKW von Badu mitfuhr. Aber nach all dem, was ihm in den letzten Wochen widerfahren war, konnte ihn das nun nicht mehr erschüttern. Er bemerkte eine allmähliche Veränderung bei sich: Er war vielen Dingen gegenüber gefühlskälter geworden. Noch wusste der junge Mann nicht, ob dies gut oder schlecht für ihn war.

Es war noch sehr früh am Morgen, die Sonne war gerade erst im hoffnungsvoll rötlichen Licht am Horizont aufgegangen. Addae hatte das Gefühl, dass nun ein neuer Abschnitt seiner langen Reise begann.

Auf dem LKW saßen neben ihm noch andere junge Männer und Frauen, die er vorher noch nicht gesehen hatte. Woher die Verbrecher diese Menschen geholt hatten, wusste er nicht und während der gesamten Fahrt durften sie nicht miteinander reden.

*

Nachdem er über eine Stunde lang geduldig zugehört hatte, unterbrach Kurt den jungen Mann.

„Ich finde Ihre Geschichte ja sehr interessant, aber wir dürfen dabei nicht vergessen, dass ich hier bin, um bei einem Verbrechen zu ermitteln. Ein wenig mehr Informationen in diese Richtung wären sehr hilfreich."

„Ich kann Sie schon verstehen, Herr Kommissar. Aber Sie sollten sich ein wenig in Geduld üben. Vieles regelt sich ganz von selbst."

Das wollte der Kripobeamte eigentlich nicht hören und so verließ er das Krankenhaus ein wenig verärgert. Kurt ließ sich erst einmal den Wind um die Nase wehen und fuhr mit dem Motorroller in Richtung Scharnebeck, wo sich das Schiffshebewerk befindet. Eine ganze Weile beobachtete er dort die Betriebsamkeit der Fahrstühle, die Binnenkähne über viele Meter sowohl rauf als auch runter *beförderten. Dabei versuchte er ein wenig seine Gedanken zu ordnen, um in diesem Fall endlich Licht ins Dunkel zu bringen. Allerdings gab es noch nicht viele Anhaltspunkte. Das große Problem war, dass sich die jungen Männer aus Nordafrika bei keiner deutschen Behörde meldeten. Sie wollten einfach anonym bleiben, da für die meisten von ihnen kein Bleiberecht bestand. So lebten sie in irgendwelchen inoffiziellen Unterkünften, meist auf Schrottplätzen, oder mieteten mehrere Wohnungen an, um unentdeckt zu bleiben. Der erfahrene Oberkommissar fand allerdings stets Wege und Möglichkeiten, um weitere Informationen zu sammeln.*

Am nächsten Tag suchte er eine Jugendwohnung ganz in der Nähe seines Wohnhauses auf, wo Addae für einige Zeit untergebracht gewesen war, weil er sich als Jugendlicher ausgegeben hatte. Dort verwies ihn die Jugendpflegerin an Abid, der vielleicht einige Auskünfte geben könnte.

„Erzähl mal ein wenig!" forderte der Kripobeamte ihn kumpelhaft auf. Allerdings sah der junge Mann das ein wenig anders und blockte erst einmal ab.

„Nix verstehen."

„Nun hör doch auf damit!" kam reichlich verärgert von der Jugendpflegerin Sonja. „Dein Freund Addae

wurde beinahe umgebracht und du mimst hier den Unwissenden. Was soll das?"

„Na gut, was wollen Sie wissen?" erklärte sich Abid widerwillig bereit.

„Hat dir dein Freund etwas über andere junge Männer aus Ghana erzählt oder hatte er einen guten Freund?"

„Lassen Sie mich kurz überlegen – er hing da häufig mit einer Gruppe ab und erwähnte einen Kumpel recht häufig. Ich glaube, der hieß Naasih. Den wollte Addae auch treffen, als er von hier abgehauen ist."

„Kannst du mir etwas darüber sagen, wo man diesen Naasih finden kann?"

„Irgendwo in der Nähe vom Bahnhof, glaube ich. Aber wo genau, das kann ich nicht sagen."

„Das ist aber schon eine Menge. Du hast mir sehr geholfen", lobte der Polizist den Jugendlichen und klopfte ihm dabei auf die Schulter.

Mit diesen neuen Erkenntnissen fuhr Kurt zu seiner Dienststelle, um dort stolz bei seinem Kollegen zu prahlen.

„Stelle dir mal vor, ich habe ein wenig Licht ins Dunkel bringen können. Die erste Spur führt uns in die Nähe vom Bahnhof. Wahrscheinlich hausen die in

einem der Kasernenblöcke. Lass uns mal gleich den Computer anschmeißen und den mit dem Namen des Freundes füttern."

„Holla, die Waldfee! Du hast ja heute einen Elan", entgegnete Herbert.

Kurt bestückte alle verfügbaren polizeilichen Informationssysteme mit dem Namen „Naasih", aber er wurde nicht fündig. Nirgendwo war dieser junge Mann bekannt, noch nicht einmal mit ähnlichem Namen. Die Beamten rauften sich die Haare.

„So ein Mist!", fluchte der Oberkommissar, „nun fangen wir wieder von vorne an."

Der Wutanfall wurde durch ein vorsichtiges Klopfen unterbrochen. Es war eine Angestellte des Stafettendienstes. Sie brachte die Akten der Soko.

„Das ist gut", beruhigte sich der Kommissar, „du sichtest schon mal das Aktenmaterial und ich fahr noch einmal in die Klinik zu dem Geschichtenerzähler. Wir müssen jetzt endlich ein wenig weiterkommen in dem Fall."

Zügig machte sich der Beamte mit seinem Motorroller auf den Weg. Addae war nicht mehr im Krankenbett, sondern saß bereits guter Dinge auf dem Flur in einem bequemen Stuhl. Ohne sich von Kurts

Ungeduld beeindrucken zu lassen, erzählte er seine Geschichte weiter.

*

Die Reise nach Accra war wenig spektakulär, aber lang. Der erste Anblick dieser Metropole war für Addae kaum zu begreifen. So etwas hat er zuvor noch nie gesehen: eine Großstadt voller Gegensätze und mit einem morbiden Flair. Die Luft war mit Abgasen und Staub regelrecht gesättigt und der Straßenlärm war erdrückend. Es war kaum noch etwas zu unterscheiden: Motorenlärm, Hupen und Industriegeräusche ergaben eine Klangkulisse, die einem Bandsalat gleichzusetzen war.

Die Fahrt über die teilweise sehr breiten Straßen der Stadt schien unendlich zu sein. Wäre Addae irgendwo an einer Ecke ausgesetzt worden, er hätte aus dem Gewirr der Metropole wohl nicht mehr herausgefunden. Je näher das Zentrum rückte, desto größer schien auch die Menschenmenge zu werden und sie kamen mit ihren Fahrzeugen immer langsamer voran. Die Gebäude waren extrem unterschiedlich: von modern bis zerfallen, von riesigen Wolkenkratzern bis hin zu Palästen.

Nach stundenlanger Fahrt durch den Stadtverkehr war das Ziel endlich erreicht. Es war ein unüberschaubar großer Markt, wohl der größte Ghanas: der Makola-Markt. Hier wurde alles gehandelt – Autos, Nutztiere und Pflanzen – und in einem etwas abseits gelegenen Bereich wurde sogar Menschenhandel betrieben. Ganz legal war das sicherlich nicht, aber gegen Zahlung eines entsprechenden Geldbündels wurden diese Geschäfte geduldet. Dies war genau die richtige Wirkungsstätte für Addaes Peiniger. Um diesen Platz zu erreichen, fuhr der LKW eine ganze Weile über den riesigen Markt. Durch die Menschenmenge kam das Gefährt nur im Schritttempo voran und die auf der Ladefläche befindliche sogenannte Ware wurde schon jetzt kritisch beäugt.

Der Platz für den Menschenhandel befand sich auf einer kleinen Anhöhe. Von dort aus sah man erst, wie riesig der Markt war. Kaum angekommen, wurden Addae und die anderen von der Ladefläche des LKW getrieben.

„Los, los! Stellt euch in einer Reihe auf und präsentiert euch von eurer besten Seite!", wurden sie im Befehlston angebrüllt.

Es dauerte nicht lange und schon kamen die ersten Interessenten zur Frischfleischbeschauung. In Accra gab es stets Bedarf an günstigen Arbeitskräften, da die Metropole in vielen unterschiedlichen Arbeitsbereichen Menschen geradezu verschliss. Die menschliche Ware wurde abgetastet, inspiziert und berochen. Einige kräftig gebaute Männer wurden sehr zügig verkauft, während der Rest noch sehr lange verweilen musste.

Die Sonne brannte unerträglich von oben und während sowohl die Kaufinteressenten als auch die Händler stets für Getränkenachschub bei sich selbst sorgten, mussten die als Ware feilgebotenen Menschen ohne Wasser auskommen. Es dauerte nicht lange und die ersten Schwächeanfälle waren zu beklagen. Das störte die Händler aber herzlich wenig, die geschwächten Körper wurden kurzerhand zurück auf die Ladefläche verfrachtet, um ja kein schlechtes Bild auf den Rest der Ware zu werfen. Was mit diesen armen Menschen passieren sollte, mochte Addae sich bei der schlechten Gesellschaft, in der sie sich befanden, nicht vorstellen.

Die Reihen lichteten sich allmählich, aber nicht nur durch diese Schwächeanfälle, sondern auch durch tatsächliche Verkäufe. Letztendlich stand nur noch Addae dort und ganz wohl war ihm nicht zumute: Er fürchtete, dasselbe Schicksal zu erleiden wie die bereits auf der Ladefläche befindlichen Menschen.

„Boss, wie lange wollen wir hier noch bleiben? Den Hänfling werden wir ohnehin nicht mehr los. Lass ihn uns mit den anderen beseitigen. Es ist nur noch vertane Zeit!", äußerte einer der Verbrecher.

Aga reagierte gar nicht auf diese Ansprache. Er hatte seine eigene Vorstellung von Geschäften und wieder einmal sollte das Glück auf Addaes Seite sein: Ein älterer Mann mit Bart und grauem Turban schaute sich Agas Ware gar nicht erst genauer an, sondern begann zielstrebig, mit ihm zu verhandeln.

„Ich gebe dir 250 Cedi für deinen Restposten", eröffnete der alte Mann das Gespräch.

Aga drehte sich arrogant um und belächelte den Mann: „Willst du mich beleidigen? Dieses Angebot kann ich nicht akzeptieren. Unter 400 Cedi geht der Junge nicht weg."

„Vierhundert?", empörte sich der alte Mann. „Das ist Wucher! Ich habe Frau und Kinder. Wie soll ich die von dem wenigen Geld, was ich dann noch habe, ernähren? Ich gebe dir höchstens 280 Cedi. Mehr habe ich wirklich nicht. Sei gnädig, Herr!"

Diese Verhandlungstaktiken sind in ganz Afrika bekannt und Aga wusste natürlich, dass der Mann reichlich auf die Tränendrüse drückte. Dennoch kam er ihm entgegen: „Also gut, aber das ist mein letztes Wort: 300 Cedi und kein Pesewa weniger. Schlag ein!"

Für einen theatralischen Moment hielt der Händler inne und verzog angestrengt das Gesicht, um dann aber doch in Agas schon bereit gehaltene Hand einzuschlagen: „Okay! 300 Cedi sind akzeptiert!", sagte er.

Der alte Mann zählte die Scheine ab und hier zeigte sich der beste Beweis für die Übertriebenheit seines Mitleid-Heischens, denn das Geldbündel war nach Abzug der Zahlsumme noch mindestens dreimal so dick wie das, welches er nun Aga reichte. Dann gab der Käufer seinem neuen Gefolgsmann einen Wink, ihn zu begleiten, erhielt von diesem allerdings lediglich einen fragenden Blick.

„Was ist mit den anderen?", fragte Addae. „Sie werden sterben, wenn wir sie diesen Verbrechern überlassen!"

Zwar war die Verständigung aufgrund der unterschiedlichen Dialekte ein wenig schwierig, aber es war deutlich, dass der Alte diese Frage gar nicht verstehen wollte. Nun wurde der Käufer auch etwas ungeduldig und hatte es plötzlich sehr eilig, diese Stätte zu verlassen. Er packte Addae am Arm und zerrte ihn rasch vom Platz des Geschehens fort. Jetzt erst sah dieser, warum: Aga hatte sich zu ihnen umgewandt und kam nun mit großen Schritten auf sie zu.

„Was! Was wollt ihr noch?", schrie er mit zornigem Blick und kam rasch näher. Erst dicht vor ihnen blieb er stehen und baute sich selbstherrlich auf. Addae und der alte Mann duckten sich und machten sich ganz klein, als wollten sie sich unsichtbar machen.

„Macht euch vom Acker und seid froh, dass ich heute meinen besonders sozialen Tag habe!", brüllte Aga sie in einer Lautstärke an, dass es ihnen schien, als würde der Boden beben.

„Was verstehst du schon von sozial", flüsterte Addae.

Der alte Mann gab ihm mit dem Ellenbogen einen Stoß in die Rippen. „Bist du wohl still", zischte er ihn dabei an.

Dann sahen beide zu, dass sie zügig aus dem Gefahrenbereich kamen, eben „sich vom Acker machten", wie Aga es ausdrückte. Schnell mischten sie sich unter die Menge des gigantischen Basars. Die Menschenmenge auf dem Markt verschluckte die beiden Flüchtenden regelrecht und schon bald waren sie für Aga nicht mehr zu sehen. Addae schaute sich noch einige Male um, um diese Erscheinung des Grauens in seinem Gedächtnis zu behalten. Außerdem wollte er auch die Menschen, die diesen Weg nicht mehr lebend beschreiten konnten, in Erinnerung behalten. Es war klar, dass nun tatsächlich ein neuer Abschnitt seiner Reise beginnen sollte. Aber wie sah dieser Weg aus, was erwartete ihn? War es etwas Gutes oder sollte es vielleicht sogar noch schlimmer kommen? Was war dieser Mann, der ihn einfach so auf dem Markt kaufte, für ein Mensch? Warum tat er es? Fragen über Fragen gingen Addae durch den Kopf, während er durch die Menschenmenge gezerrt wurde. Wie ihm Trance folgte er dem Alten.

Er befand sich auf einem der größten Märkte des Kontinents. Endlos schien Addae der Weg vorbei an den Ständen mit den unterschiedlichsten Waren. An der einen Ecke wurden Computer – oder das, was von ihnen übrig geblieben war – angeboten und der nächste Stand bot Autoteile an. Es war mehr oder weniger alles Schrott, was hier an technischem Equipment verkauft wurde; so richtig neuwertige Ware war kaum zu finden. Natürlich gab es aber auch Obst und Gemüse sowie auch Kleidungsstücke in großer Vielfalt in einem nach afrikanischem Standard guten Zustand.

„Was für ein Markt ist denn das hier?", fragte Addae atemlos.

„Das ist der große Makola-Markt von Accra", antwortete der alte Mann gehetzt, „aber nun stelle mal nicht so viele Fragen! Durch dein Verhalten waren wir eben ganz schön in Bedrängnis. Du musst noch viel lernen, wenn du hier überleben willst."

„Ich höre überall nur, dass ich lernen …!"

Addae kam gar nicht mehr dazu, seinen Satz zu beenden, denn nun wurde er von dem alten Mann derbe am Arm gepackt und beiseite gezogen.

„So, mein lieber Freund, jetzt will ich dir mal etwas sagen. Ich weiß nicht, aus welcher Provinz du kommst, aber ich verstehe kaum deinen Dialekt und du benimmst dich sehr unklug. Hier in Accra bist du in einer Metropole und wenn du nicht aufpasst, verschlingt dieser Moloch dich, bevor du einmal ‚guten Tag' gesagt hast. Mein erster Tipp ist: Gewöhne dir möglichst bald eine andere Aussprache an, damit nicht gleich jeder weiß, dass du ein Landei bist. Ich heiße übrigens Daud und wie ist dein werter Name?"

„Addae", kam kleinlaut als Antwort.

Der Markt wurde von einer mehrspurigen Straße geteilt. Dort hielt Daud plötzlich inne. Er starrte nun immerzu in dieselbe Richtung und reckte zwischenzeitlich seinen Hals, um über die Masse der Menschen hinwegblicken zu können. Addae beobachtete ihn eine ganze Weile und konnte sich sein Verhalten nicht erklären. Plötzlich aber wurde der alte Mann hektisch und schwang sich völlig unerwartet auf einen langsam vorbeifahrenden Bus.

„Na los, steig mit auf!", forderte er mit einer winkenden Handbewegung.

Addae wusste gar nicht, wie ihm geschah, lief aber zügig hinter dem Bus her und sprang dann auf das schaukelnde Gefährt. Der Omnibus war völlig überfüllt; im Inneren drängten sich die Menschen auf engstem Raum. Sie hatten teilweise Hühner dabei und es fuhr sogar ein Schaf mit. Immer wieder hängten sich Personen von außen an den Bus und sprangen kurze Zeit später wieder ab oder kletterten auf das Dach des Fahrzeugs hinauf.

„Wenn du willst, kannst du auch dort oben raufklettern. Lass dir ein wenig den Wind um die Nase wehen", forderte Daud seinen neuen Begleiter auf.

Das ließ sich Addae nicht zweimal sagen. Behände bestieg er auf das Dach und setzte sich dort zwischen die Reisenden. Seit langer Zeit fühlte er sich endlich wieder einmal befreit. Er wusste zwar noch nicht, was er von Daud halten sollte, aber er hatte ein gutes Gefühl bei diesem Menschen.

Die Fahrt dauerte noch eine ganze Weile und der Ausblick von dort oben war beeindruckend. Eine völlig neue Welt zog an Addae vorbei. Langsam erreichte der Bus die Außenbezirke von Accra und nicht nur die Fahrgäste im Bus wurden immer weniger, sondern auch die Besiedelung der Umgebung wurde etwas dünner.

„Los, komm runter! Unsere Reise endet hier", kam fordernd von unten. Addae schreckte hoch, kletterte zügig vom Dach und schon mussten die beiden Reisenden während eines Zwischenstopps abspringen.

Nach einem kurzen Fußmarsch erreichten sie ihr Ziel: Ein großes zweistöckiges Haus, gebaut aus gebranntem Lehm, nannte Daud sein eigen. Zahlreiche Nebengebäude wie ein Stall und mehrere Garagen gehörten ebenfalls dazu. Das Anwesen war von einigen kleinen Äckern umgeben und ein überschaubarerer Garten machte die Idylle vollkommen.

Noch bevor sie das Grundstück betraten, kam ihnen eine ganze Horde von Kindern entgegen.

„Aba! Aba!", riefen sie und umarmten den alten Mann. Im Eingangsbereich stand erwartungsvoll eine Frau, die ein Baby auf dem Arm hielt. Addae zählte die ganze Schar einmal durch und kam auf insgesamt neun Kinder.

„Sind das alles deine Kinder?", fragte er.

„Ja, das siehst du richtig: Das ist meine Familie – und du gehörst jetzt dazu!", entgegnete Daud stolz und offenherzig. „Das ist meine Frau Dahab", ergänzte er und fuhr umgehend fort: „und das ist mein ältester Sohn Kijani. Er zeigt dir deine Unterkunft. Den Rest erzähle ich dir morgen."

Die anderen Kinder waren für ihn nicht erwähnenswert. Sie gehörten zwar zur Familie, genau wie alle anderen im Haus, aber der erstgeborene Sohn war für das Familienoberhaupt der wichtigste Nachkomme. Addae folgte Kijani in das erste Stockwerk, wo es einige Zimmer gab. Am Ende des Flurs sollte seine zukünftige Bleibe sein: Es war ein kleiner Raum mit zwei Betten und einem kleinen Regal, in dem bereits Kleidungsstücke lagen.

„Hier, das ist dein Schlaflager", zeigte Kijani dem neuen Familienmitglied.

„Hmm – und dort schläfst du?", wollte Addae interessiert wissen.

„Nein", empörte sich der älteste Sohn und stellte eindeutig klar, wie die Rollenverhältnisse zu sehen waren: „Das zweite Bett gehört einem anderen Knecht, der noch arbeitet. Ich habe mein eigenes Zimmer. Aber sag mal, warum redest du denn so komisch? Bist ja kaum zu verstehen."

Nach dieser Ansage entstand für einen kurzen Moment Stille zwischen den jungen Männern. Es war, als würden sie sich erst einmal abtasten, bis Addae dann das Schweigen brach: „Ist das alles, was ich wissen muss?"

„Ja – und es ist meinem Vater sicher wichtig, dass du am ersten Abend pünktlich beim Abendessen dabei bist. Es findet kurz nach Sonnenuntergang statt." Addae war einfach nur froh, einen vernünftigen Ruheplatz gefunden zu haben, an dem er wohl nichts zu befürchten hatte, auch wenn er noch nicht wusste, wie die neue Situation einzuschätzen war. Viel Zeit verschwendete Addae aber nicht an diesen Gedanken, denn bald übermannte ihn die Müdigkeit und kaum hatte er es sich auf dem Bett bequem gemacht, schlief er auch schon ein. Wie lange er dort gelegen hatte, als ihn jemand wachrüttelte, wusste er nicht. Gefühlt waren es Stunden gewesen, aber tatsächlich wohl höchstens dreißig Minuten.

Ein unbekanntes Gesicht starrte Addae mit großen Augen an. „Na, wer bist du denn Neues?", fragte der stattlich gewachsene junge Mann.

Addae war noch völlig desorientiert und konnte nur sehr zögerlich antworten „Hm, ich bin Addae – und wer bist du?"

„Ich bin dein Bettnachbar und heiße Naasih. Wenn ich dich nicht gleich morgen schon aus dem Zimmer werfen soll, wäre ein Bad sinnvoll. Du stinkst bestialisch! Hat dir das noch niemand gesagt?"

„Nö!", kam verwundert als Antwort. Das hatte Addae tatsächlich in seinem ganzen Leben noch nicht so direkt zu hören bekommen. „Wo kann ich mich denn hier waschen?", fragte er.

„Komm mit, ich werde es dir zeigen. Ich glaube, vor dem Essen wäre das eine wichtige Maßnahme. Beeil dich aber – die Sonne geht bald unter und dann solltest du pünktlich anwesend sein!"

Naasih ging voraus, Addae folgte ihm. Über eine Außentreppe gelangten sie in den Hinterhof des zweistöckigen Hauses, wo sich in einem Nebengebäude ein Waschraum befand. In einer großen Tonne gab es Wasser, das mit einer Kanne in eine Schüssel geschöpft wurde. Addae kannte so etwas gar nicht.

„So, hier kannst du dich reinigen – und benutze Seife", forderte sein Begleiter ihn auf.

„Seife? Was ist das?" Addae machte große Augen.

„Das ist jetzt nicht dein Ernst, oder?!"

Naasih zeigte ihm das Stück Kernseife, das neben der Schüssel lag. „Man taucht es in Wasser ein und reibt dann damit seinen Körper ein, um Schmutz und Fett zu lösen. Danach wird der dadurch entstandene Schaum abgespült. Einen angenehm duftenden Effekt hat es nebenbei auch."

Dann schloss sich die Tür hinter Naasih und Addae war mit dem Problem allein. Vorsichtig zog er sich aus und begann unbeholfen mit seiner Körperreinigung, wobei ein großer Teil des Wassers auf dem Boden landete. So richtig kam er mit dieser für ihn neuartigen Technik nicht klar, denn zu Hause wusch er sich für gewöhnlich im Fluss.

Der Boden wurde immer schmieriger und so dauerte es dann auch nicht lange, bis er unfreiwillig auf demselben landete. Das Aufstehen war ein echtes Kunststück und Addae war nun mehr mit diesem Balanceakt beschäftigt als mit der Körperreinigung – so verging die Zeit.

Nach einer Weile machte Naasih sich Gedanken, wo sein neuer Bettnachbar wohl abblieb und so klopfte er endlich an der Tür zum Waschraum, bevor er sie öffnete. Was er dann erblickte, machte ihn fassungslos – kaum jemals zuvor hatte er ein derartiges Chaos zu Gesicht bekommen. „Meine Güte, wie hast du denn das zustande bekommen?", rief er.

Der gesamte Raum war mit Schaum bedeckt, die Kleidung lag überall verstreut und der Boden schwamm regelrecht. Ohne große Fragerei half der junge Mann Addae nun beim Aufwischen und gab ihm dabei ein paar praktische Tipps – beispielsweise, wo man das alte Wasser ließ und wofür die sauberen Tücher in der Ecke gedacht waren. Dann beeilten sie sich, noch rechtzeitig zum Abendessen zu kommen.

„Tu mir bitte einen Gefallen und halte dich an ein paar wichtige und einfache Regeln", sagte Naasih, während sie durch das Haus eilten. „Wir sitzen am letzten Ende des Tisches und der Hausherr isst zuerst, dann die männlichen Kinder. Erst wenn die alle satt sind, dürfen wir essen. Und Schuhe ausziehen!", fiel ihm gerade noch rechtzeitig ein.

Über einen Flur waren die beiden in ein stilvoll eingerichtetes Zimmer gelangt, mit einem reichhaltig gedeckten Tisch in der Mitte, an dem der Hausherr bereits im Schneidersitz saß. Die drei Söhne, unter anderem Kijani, saßen bereits an der Seite des Familienoberhauptes. Beim Betreten des Raumes verbeugte sich Naasih respektvoll und gab Addae einen hinweisenden Stoß in den Rücken, damit dieser der Geste nachkam.

Nach kurzem Nicken von Daud durften sie sich ans untere Ende des Tisches setzen. Alle schauten nun zu, wie der Hausherr die vielfältigen Speisen genoss. Dabei führte er mit seinen Söhnen eine angespannte

Konversation über die Schule und andere Alltäglichkeiten. Zuletzt wurde Naasih zu seiner Arbeit auf der Agbogbloshie, der größten Mülldeponie Afrikas, befragt und nun konnte Addae sich langsam eine Vorstellung davon machen, was auf ihn zukäme. Zwar verstand er aufgrund des Dialektes nicht alles, aber genug, um sich ein ungefähres Bild zu machen.

Zwischenzeitlich war Daud gesättigt und die Söhne erhielten ihre Portionen. Noch immer durften die sogenannten Bediensteten nicht zulangen und Addae knurrte immer mehr der Magen. Immer nervöser sah er auch langsam seine Felle davonschwimmen, denn der männliche Nachwuchs der Familie legte einen gesunden Appetit an den Tag.

„Du brauchst keine Angst zu haben. Du wirst noch genügend abbekommen", beruhigte ihn Daud, der die kritischen Blicke seines neuen Bediensteten wahrnahm.

Endlich waren die Jungs gesättigt und nun durfte der Rest der Familie essen – so auch die weiblichen Familienmitglieder, die in erster Linie für das tägliche leibliche Wohl verantwortlich waren. Sie mussten sich allerdings mit einem Platz in der Küche begnügen. Es gab selbstgebackenes Brot, Gemüse in allen Variationen und sogar Fleisch fehlte nicht. Addae konnte sich nicht erinnern, wann er das letzte

Mal so gut und reichhaltig hatte essen dürfen – das war einfach schon zu lange her. Wie teuer er sich dies erkaufen musste, das sollte er allerdings erst etwas später erfahren.

Nach der Mahlzeit dauerte es nicht mehr lange und ein jeder zog sich zurück. Schon sehr bald umhüllte die Dunkelheit den Landstrich und damit begann auch für viele im Haus die Nachtruhe. Addae wunderte sich ein wenig darüber, aber niemand sprach mit ihm. Er wusste auch noch gar nicht, welche Rolle ihm ab dem nächsten Tag zuteilwerden sollte. Als er bereits im Bett lag, bewegte ihn das Thema dann derartig, dass er Naasih, der ziemlich übermüdet wirkte und schon eingenickt war, doch noch einige brennende Fragen stellte.

„Sag' mir doch mal, was ist das hier für eine Familie?", wollte Addae wissen.

„Das wirst du noch früh genug erfahren", kam vom Bettnachbarn kurz und unbefriedigend zurück. „Zunächst rate ich dir, etwas leiser zu reden, denn hier haben die Wände Ohren."

„Was für Arbeiten sind es denn, die wir hier verrichten müssen?"

„Sklavenarbeiten!", flüsterte Naasih. „Du wirst morgens weit vor Sonnenaufgang geweckt und dann erfährst du, wo es hingeht – ganz nach Lust und Laune von Daud."

„Sind wir die einzigen Arbeiter?"

„Zurzeit schon. Dein Vorgänger hat das wohl alles nicht recht vertragen und verstarb vor kurzem an einer Infektion, die er sich auf der Agbog zugezogen hatte."

„Der was?"

„Der Deponie Agbogbloshie. So, nun hast du mich aber genug gelöchert. Wir sollten jetzt schlafen, denn morgen geht's wirklich sehr früh zur Sache. Auch für dich, mein Lieber – darauf kannst du dich verlassen."

Damit drehte Naasih sich um und verstummte. Addae konnte noch nicht gleich einschlafen. Er ließ in Gedanken diesen ereignisreichen Tag an sich vorbeiziehen und versuchte, seine neue Situation einzuordnen. So recht verstand er nicht die Zusammenhänge zwischen dem freundlichen Daud, dem guten Essen, der guten Unterkunft und dem, was Naasih ihm andeutete. Eines war ihm allerdings klar: Er hatte schon lange nicht mehr so gut geschlafen wie hier. Ein Bett kannte er noch nicht einmal von zu Hause, dort gab es lediglich ein Schlaflager.

Allerdings sollte sich Naasihs Prophezeiung tatsächlich schon sehr bald bewahrheiten. Mitten in der Nacht wurde er unwirsch von Kijani geweckt. Der trieb ihn mächtig an, denn Daud würde schon auf ihn warten und dessen Geduld sei nicht besonders groß. Naasih war schon nicht mehr in seinem Bett.

Im Eiltempo zog sich Addae an und lief vor das Haus, wo er bereits ungeduldig erwartet wurde.

„Das hab' ich auch schon schneller gesehen!", war der eisige Morgengruß Dauds. „Los geht's! Hier ist dein Frühstück – obwohl du es eigentlich nicht verdient hast. Nächstes Mal gehst du hungrig arbeiten, wenn du so spät aufstehst!"

Von der Freundlichkeit des Vortags war nichts mehr zu bemerken. Addae folgte Daud ohne Widerspruch, schlang das trockene Brot herunter und war froh, mit dessen zügigem Gang Schritt halten zu können. Wohin der morgendliche Ausflug gehen sollte, wusste er nicht und er wagte auch nicht, zu fragen. Daud holte einen kleinen Transporter aus einem Schuppen und Addae wollte gerade vorne einsteigen, als Kijani um die Ecke kam und ihn unsanft beiseite stieß.

„Was willst du denn da? Dein Platz ist hinten auf der Pritsche!"

Einigermaßen irritiert wollte sich Addae gerade auf die Pritsche schwingen, da fuhr der Kleintransporter auch schon los. Mit einiger Mühe schaffte er es gerade noch auf die Ladefläche, wo bereits jemand saß. Es war Naasih.

„Na, du bist mir vielleicht einer!", sagte Addae vorwurfsvoll. „Lässt mich da voll ins offene Messer laufen. Warum hast du mich denn nicht geweckt?"

„Gott bewahre, mich da einzumischen. Diese Erfahrung musst du schon selbst machen, ich musste da auch durch. Außerdem bin ich doch nicht dein Kindermädchen."

Addae verstand die Welt nicht mehr. Es war, als hätten sich mit Beginn des neuen Tages alle gegen ihn verschworen. Er setzte sich in eine Ecke der Ladefläche und musste sich reichlich festhalten, um der rasanten Fahrweise entgegenzuwirken. Da hatte er weiß Gott schon einen besseren Fahrer gehabt. Wehmütig dachte er an Badu und an dessen plötzlichen Tod zurück. Obwohl das alles erst wenige Wochen her war, kam es ihm vor, als sei inzwischen sehr viel Zeit vergangen.

Die Tour ging quer durch beinahe die ganze Stadt. Zunächst wurde Kijani in einem noblen Stadtteil mit stilvollen Villen in einer Privatschule abgeliefert und dann ging es, wie als Kontrastprogramm, direkt in das Slumgebiet Agbogbloshie.

Es war bereits am Geruch zu merken, dass diese Gegend menschenfeindlich war – es sollte aber noch schlimmer kommen. Um Naasih absetzen zu können, musste Daud über die Deponie fahren und was sich dort vor Addaes Augen auftat, war für ihn beinahe unvorstellbar. So weit das Auge blicken konnte, gab es hier nur Müll. Irgendwo in dieser Schrottwüste hielt der Transporter an und Naasih wurde ohne ein weiteres Wort von der Pritsche herab in dieses Elend geschickt.

„So, nun kannst du dir vielleicht ansatzweise vorstellen, was ich meine", sagte er zu Addae. „Aber warte erst einmal ab, bis du tatsächlich in diese Hölle geschickt wirst."

Er hatte kaum die Pritsche verlassen, da fuhr der Transporter auch schon weiter. Nach einer weiteren halben Stunde Fahrzeit kamen sie auf einem Markt an, wo bergeweise weiße Plastiksäcke mit Stoffen gelagert und gehandelt wurden.

„So das ist deine heutige Aufgabe!", wies Daud ihn im Befehlston an. „Was du hier siehst, sind die großzügigen Spenden der verwöhnten und dekadenten Industriestaaten. Diese Kleidungsstücke wurden gespendet und vom Roten Kreuz eingesammelt. So kaufen sie ihre verdorbenen Seelen frei und denken, sie tun etwas Gutes. Aber was soll ich dir sagen? Damit helfen sie uns keinesfalls, dadurch wird nur der örtliche Markt zerstört. Und wenn die wüssten, dass ungefähr achtzig Prozent ihrer Spenden als Putzlappen auf Schiffen landen – na ja, wer weiß …"

Addae stand staunend vor dem großen Haufen Wohlstandsmüll und wusste nicht, wie ihm geschah. „Was soll ich jetzt hier?", wollte er wissen.

„Du schnappst dir einen Sack nach dem anderen und sortierst für uns die guten Kleider aus, damit wir an dem Wohlstand ein wenig teilhaben können."

„Was ist denn gut und was ist schlecht?"

„Meine Güte! Was kannst du denn?", rief Daud ungeduldig. Er nahm einen Sack, öffnete ihn und wollte Addae die Vorgehensweise zeigen, aber darin befanden sich nur Stofffetzen. Wütend warf er den Sack in die Ecke, wo der Müll abgelagert wurde. Im nächsten Beutel befanden sich dann aber doch ein paar richtige Schmuckstücke wie ein Wollmantel sowie diverse noble Blusen und Kleider. Das waren die Modestücke, an denen der Lumpenhändler Interesse hatte und Dauds Augen leuchteten.

„So, weißt du nun Bescheid? Ob und wie viel du heute Abend zu essen bekommst richtet sich nach deiner Leistung. Ich möchte den Transporter voll sehen!"

Dann verschwand Daud und ließ Addae mit dem Haufen Arbeit alleine. Er bemerkte, dass auf dem Platz noch mehr arme Wichte mit dieser Tätigkeit zurückgelassen wurden. Es wurde aber nicht viel geredet, denn jeder stand reichlich unter Druck, weil es um die tägliche Mahlzeit ging. In einigen Säcken befanden sich nur Lumpen und diese Stoffe wurden auf einen Haufen geworfen, um dann irgendwann als Putzlappen für Werkstätten oder Schiffe zu dienen.

Addae hatte das Gefühl, dass seine Ladefläche sich überhaupt nicht füllen wollte und als am Abend Daud erschien, bekam dieser beinahe Schnappatmung, weil die Ladefläche offenbar bei Weitem nicht so gefüllt war, wie er es sich vorgestellt hatte.

„Ist das wirklich dein Ernst?", wetterte der alte Mann los. „So hast du dir kein Essen verdient!"

Mit einem noch nicht einmal zur Hälfte gefüllten Pritschenwagen ging es in Richtung Heimat und tatsächlich bekam Addae am Abend nur ein paar Reste zu essen. So ging es mehrere Tage lang und obwohl der junge Mann aufgrund der reduzierten Ernährung bald reichlich geschwächt war, trieb der Hunger ihn zu mehr Leistung an. Eines Tages war die

Ladefläche dann nahezu vollständig gefüllt, so dass die Augen seines profitgierigen Herren leuchteten und dieser es für angebracht hielt, seinen Arbeiter wieder am Tisch des Hauses zu begrüßen.

Allerdings war Addaes Glück nur von kurzer Dauer, denn schon bald schickte Daud seinen jüngsten Arbeiter auf die Müllhalde Agbogbloshie. Dort begann die Tortur erneut: Aufgrund der neuen und unbekannten Tätigkeit erreichte der Neuling auch hier für längere Zeit nicht das von Daud vorgegebene Ziel. Wiederum bekam er zu wenig zu essen und als Naasih ihm bei seiner Arbeit half, durchschaute Daud das sehr zügig und bestrafte diesen gleich mit.

„Ihr glaubt wohl, ich sei dämlich und kenne eure Tricks nicht, oder?!", wetterte der Antreiber.

„Aber mein Herr!", erwiderte Naasih, „das kann doch nicht immer so weitergehen. Die Arbeit ist wirklich sehr hart. Sie können uns doch nicht dafür bestrafen, dass wir uns gegenseitig helfen."

„Du willst mir vorschreiben, was ich zu tun habe?", Daud wurde wütend. „Ich werde dir zeigen, was ich alles kann!"

Daraufhin schlug er mehrmals mit einem Stock auf Naasih ein, der lediglich seinen Kopf mit erhobenen Armen schützen konnte. An Rücken, Bauch und

Gliedmaßen traf der Stock ungehindert sein Ziel und hinterließ heftige Blessuren.

Die Arbeit auf der Agbogbloshie war besonders schwer, da die Sonne ungehindert auf die Arbeiter einstrahlte und derart giftige Dämpfe aufstiegen, dass niemand richtig durchatmen konnte. Die jungen Männer mussten die Kabelumhüllungen herunter brennen, um das wertvolle Kupfer zu bergen. Ferner mussten scharfkantige Bauteile aus Küchenmaschinen ausgebaut und sortiert werden.

Es waren fast nur junge Männer, die dort arbeiteten – die meisten waren sogar noch minderjährig. Anstatt zur Schule zu gehen, arbeiten sie auf dieser riesigen Deponie, auf der sich der Wohlstandsmüll der Industriestaaten ansammelte, für ein paar wenige Pesewa, um ihre Familien zu ernähren.

Addae kam mit einem dieser Jungen ins Gespräch und erfuhr, dass dieser für einige Tage bereits eine Schule besucht hatte, aber diese dann wieder verließ, da die Familie es von ihm erwartete. Er sollte lieber im Müll von Agbogbloshie herumwühlen, um die Familie mit zu ernähren.

„Warum tust du das, Kanzi?", wollte Addae wissen.

„Was soll ich denn tun? Meine Familie erwartet das so von mir", war seine Antwort.

„Hier lernst du aber nichts und außerdem macht die Müllhalde alle krank."

„Das mag sein, aber mittlerweile sind wir nicht mehr so unwichtig. Durch das viele Geld, das wir mit den Jahren verdient haben, hat man ein Krankenhaus bauen können", erwähnte Kanzi stolz.

„Das glaubst du doch wohl selbst nicht, oder?!", fragte Addae ungläubig.

„Doch, es ist so. Am südlichen Ende der Agbog wurde vor einigen Jahren eine Klinik gebaut."

Das Gespräch wurde durch das Erscheinen eines Mannes unterbrochen, den Kanzi offensichtlich kannte.

„Herr Turay, was machen Sie denn hier?", fragte Kanzi ihn erstaunt.

„Ich möchte dich erneut überreden, die Schule zu besuchen. Das ist für dich wichtiger, als hier im Müll zu arbeiten", erklärte der Streetworker.

„Siehst du?", mischte sich Addae ein, „das sind meine Worte. Du solltest auf ihn hören!"

„Aber was wird meine Familie dazu sagen?", erwiderte Kanzi.

„Ich habe bereits mit deiner Mutter gesprochen und sie ist damit einverstanden", nahm Herr Turay ihm gleich den Wind aus den Segeln.

Es dauerte noch ein wenig, bis sich der Junge dazu entschloss, dem erneuten Ruf der Schule zu folgen. Kurz aber herzlich war der Abschied von Addae. Dieser wäre ihm gerne gefolgt. Zwar hatte er damals in Yendi ein paar Unterrichtsstunden bei der Diakoniestation genossen, aber das war ja noch gar keine richtige Schule gewesen. Sehnsüchtig folgte sein Blick den beiden, bis sie am Horizont verschwanden.

Zügig wurde Addae von der unwirtlichen Realität eingeholt, die zunehmend unerträglicher wurde. Bei den täglichen Arbeiten auf der Deponie verletzte er sich am Bein und die Wunde entzündete sich. Daud sah sich nicht in der Pflicht, seinen Bediensteten in eine Klinik zu schicken, da zu befürchten war, dass diese Arbeitskraft dann länger ausfallen könnte.

Addae hatte sich ein wenig mit Dauds Stieftochter Jemila angefreundet. Sie wurde ebenso herabwürdigend wie er und Naasih als Bedienstete behandelt. Sie hatte zumeist eher niedere Arbeiten zu verrichten und der älteste Sohn kehrte sein Gutsherrenverhalten ihr gegenüber ganz besonders heraus.

Als Addae wieder einmal erschöpft von der Fronarbeit auf der Agbog zurückkam und an der Wassertonne im Innenhof seine Wunde reinigte, sah Jemila dies und half ihm dabei. Sie hatte sich über die Jahre ein wenig Heilkunst durch Kräuter angeeignet.

„Du, das sieht aber gar nicht gut aus", merkte sie besorgt an.

„Ich weiß", pflichtete Addae bei, „aber dein Stiefvater kann auf meine Arbeitskraft nicht verzichten."

„Mein Stiefvater ist ein geiziger Sklaventreiber und sollte besser auf seine Bediensteten aufpassen", entgegnete Jemila empört.

„Psst! Nicht so laut", mahnte Addae, „die Wände haben hier Ohren."

Addae sollte Recht behalten: Im selben Moment kam Kijani um die Ecke und trennte die beiden, indem er Jemila packte und in Richtung Haupthaus zerrte.

„Hab' ich dir nicht schon so oft gesagt, dass du mit den Bediensteten nicht reden sollst?", tobte der Erstgeborene. Als Jemila stolperte und stürzte, schleifte er sie einfach über den Boden weiter.

Naasih, der gerade auf den Hof trat, platzte nun in diese Szene, mischte sich in den Streit ein und packte Kijani am Kragen.

„Was bist du denn für einer?", schrie er los. „An kleinen Mädchen kannst du dich vergreifen, was?! Versuch es doch mal mit mir, du Lackaffe!"

Mit weiten angstvollen Augen starrte der verwöhnte Sohn des Gutsherrn seinen Angreifer an, denn rein kräftemäßig konnte er dem durchtrainierten Naasih nicht die Stirn bieten. Bei allen Beteiligten kam ein wenig Schadenfreude auf und Daud war für einen kurzen Moment vergessen.

Schon kurz darauf aber erschien dieser wütend im Innenhof und begann, mit einem Knüppel auf seinen Bediensteten einzuschlagen. „Dir werde ich helfen, meinen Sohn anzufassen!", schrie der Gutsherr und drosch dabei immer wieder auf Naasih ein.

Erst als dieser sich vor Schmerzen am Boden krümmte, ließ der Schläger von ihm ab und Kijani hatte in seiner feigen Art natürlich nichts Besseres zu tun, als auf das wehrlose Opfer noch mit Füßen einzutreten.

„So, nun weißt du, was es heißt sich als Sklave an seinem Herren zu vergreifen", ergänzte Dauds Sohn noch beiläufig.

Naasih ließ man einfach so auf dem Hof liegen. Nur Addae kümmerte sich um seinen Mitstreiter und versuchte, ihm beim Aufstehen zu helfen. Von Schmerzen gepeinigt und durch seinen Helfer abgestützt, erreichte dieser endlich mühselig sein Bett.

„Heute Nacht ist es so weit", flüsterte der Verletzte, „ich halte es hier nicht mehr aus. Bist du bereit?"

„Sicher!", kam als Antwort, „aber bist du denn bereit?"

„Mehr als je zuvor!", sagte Naasih entschlossen.

*

Wiederum kehrte Kurt mit leeren Händen ins Büro zurück. Allerdings fand er mittlerweile an den Erzählungen Addaes gefallen.

Immerhin hatte der junge Mann nun auch diesen Naasih erwähnt – er musste sich wohl einfach noch eine Weile gedulden.

Außerdem hatte sein Kollege in den Akten einige Hinweise gefunden.

„Schau mal her", leitete dieser seine Ausführungen ein, „die Beschreibungen und Phantombilder ähneln

sich dermaßen und wenn ich mich da nicht täusche, dann ist auch unser Opfer ansatzweise in diesen Akten wiederzufinden."

„Das habe ich mir schon gedacht", stimmte Kurt zu. „Aber mal etwas anderes – sind die Scherben aus der Kriminaltechnik endlich zurück?"

„Ja, die lagen heute Morgen schon auf meinem Schreibtisch. Was willst du denn eigentlich damit?" wollte Herbert wissen. „Es ist doch eine einfache zerbrochene Bierflasche.".

„Das glaube ich eben nicht", entgegnete sein Chef und packte die Scherben auf den Schreibtisch. „Sieh mal hier: Dieses blaue Label sagt mir nämlich, dass es sich um ein typisches afrikanisches Bier handelt. Allerdings fehlt da noch der entscheidende Schriftzug. Wir müssen noch einmal zum Tatort zurück und nach dem wichtigen Puzzleteil suchen."

„Das ist nicht dein Ernst, oder?!" empörte sich Herbert, während sein Chef schon nach seiner Jacke griff.

Die beiden Ermittler machten sich auf und suchten am Ort des Geschehens noch einmal gründlich den Boden ab. Es verging einige Zeit und Kurt wollte schon aufgeben, als sein Kollege plötzlich die Trophäe hochhielt.

„Hier, suchst du das?" Stolz zeigte er seinen Fund.

„Genau das ist es. Feinstes Lagerbier von Star! Das gibt es nur aus Ghana. Nun müssen wir nur noch den Getränkemarkt finden, der so ein außergewöhnliches Bier verkauft", schlussfolgerte Kurt.

Zielstrebig suchte das Team einen Getränkemarkt in der Nähe des Bahnhofs auf. Nach einigem Suchen fanden sie in einer Ecke mit internationalen Sorten auch den gesuchten Gerstensaft aus Ghana.

„Moin! Wir sind von der örtlichen Kripo", sprach der Oberkommissar den Kassierer an und wies sich vorschriftsmäßig mit seinem Dienstausweis aus. „Können Sie uns vielleicht sagen, wer bei Ihnen hauptsächlich diese Sorte Bier kauft?"

Der Beamte hielt dem Angestellten die Flasche mit dem „Star"- Aufdruck schon beinahe etwas aufdringlich vor die Nase.

„Nun halten Sie mir das Teil mal nicht so dicht vor die Nase. Dadurch kann ich das auch nicht besser erkennen." Der Verkäufer drückte den Arm mit der Flasche ein wenig beiseite, um den Aufdruck besser lesen zu können. „Ja, was ist das für eine Frage! Freiwillig würde ein Europäer dieses Bier doch nicht trinken. Es gibt eine Gruppe von Schwarzafrikanern, die dieses Bier mit Vorliebe trinken."

*„Wissen Sie vielleicht auch deren Nationalität?"
bohrte Herbert weiter.*

„Sie können Fragen stellen! Woher soll ich das denn genau wissen? Ich nehme aber mal an, dass die wohl ebenso wie das Bier aus Ghana stammen werden", war die etwas schnippische Antwort.

„Ja, so ist das bei der Polizei", reagierte Kurt prompt, „unsere Fragen sind manchmal ein wenig merkwürdig. Darum frage ich Sie jetzt auch noch nach deren Aussehen."

„Ja, das ist wirklich eine komische Frage!" Der Verkäufer lachte in sich hinein. „Wie beschreibt man einen Schwarzafrikaner, vor allen Dingen, wenn die alle gleich aussehen? Beim besten Willen, da verlangen Sie ein wenig viel von mir."

„Können Sie uns ansonsten noch etwas Brauchbares anbieten?" wurde Herbert nun ein wenig unwirsch.

„Außer Getränken eigentlich nichts – tut mir Leid, wenn ich Ihnen nicht helfen kann."

„Okay, dann verabschieden wir uns", sagte Kurt knapp und klopfte dabei einmal kurz auf den Verkaufstresen.

Mit diesen etwas unbefriedigenden Informationen machten sich die Kripobeamten wieder auf den Weg zur Dienststelle. Sie waren reichlich unzufrieden und hatten sich von der Aktion ein wenig mehr versprochen.

"Das ist wirklich nicht viel, was wir da ermitteln konnten", brummelte der Oberkommissar als sie wieder im Wagen saßen. "Ich würde ja am liebsten gleich in dem alten Kasernengebäude einfliegen. Dort wohnen doch einige Schwarzafrikaner, oder?"

"Du, das sollten wir aber gut vorbereiten", gab Herbert zu bedenken, "und dann nur mit reichlich Uniformierten in Begleitung. Sonst stechen wir in ein Wespennest und könnten viel kaputt machen."

"Da hast du Recht!" stimmte sein Chef zu.

An der Dienststelle wurde Kurt von einem aufgeregten Kollegen erwartet:

"Kurt, deine Frau hat angerufen, du sollst sofort zurückrufen. Irgendetwas ist mit eurer Tochter!"

Der besorgte Familienvater setzte sich unverzüglich mit seiner Ehefrau in Verbindung. Er musste sie zuerst einmal beruhigen, da bei ihm lediglich zusammenhanglose und ungeordnete Wortfetzen ankamen.

"Nun beruhige dich doch erst einmal Elsa und dann fang noch einmal ganz von vorne an", versuchte er Ordnung in die Informationen zu bringen. "Was ist nun mit Kim?"

Kurt hörte angespannt zu und nickte zwischendurch zustimmend. Dann wurde er sehr ernst und etwas bleich um die Nase. Der sonst recht gemütlich wirkende Beamte wurde nun plötzlich sehr hektisch.

„Okay, meine Liebe! Du bleibst zu Hause und hältst dort die Stellung, ich werde hier alles regeln!"

„Was ist passiert?" wollte Herbert sofort wissen.

„Kim ist heute zum ersten Mal mit dem Bus zur Schule gefahren und kam dort nicht an!" war die knappe Antwort, woraufhin sich der besorgte Vater sogleich auf den Weg zur Wache machte, um dort die Streifenwagen zu informieren. Aber noch während er dort eine Beschreibung seiner Tochter und Hintergründe des Geschehens schildern konnte, kam Herbert ihm nach und gab Entwarnung.

„Du, deine Frau hat gerade angerufen und gesagt, dass Kim zu Hause angekommen ist."

„Oh, mein Gott, bin ich erleichtert!" platzte es aus Kurt heraus.

„Ich gehe davon aus, dass du jetzt erst einmal nach Hause fahren wirst, um dich um deine Familie zu kümmern", schlug sein Partner vor.

„Ja, das werde ich tun." Mit einem Mal fühlte Kurt ich sehr müde. „Morgen fahre ich dann gleich von zu

Hause aus in die Klinik. Nur damit du schon mal Bescheid weißt."

Am nächsten Tag fuhr er dann tatsächlich auf direktem Weg ins Krankenhaus, um Addae weiter zu zuhören.

*

„Addae", flüsterte Naasih. Der Angesprochene reagierte nicht. Offensichtlich schlief er vor Erschöpfung so tief, dass sein Name ihn nicht erreichte.

„He, Addae! Wach auf!", folgte ein neuer Versuch und dieses Mal wurde Addae dabei kräftig gerüttelt. „Wir müssen aufbrechen – es wird Zeit!"

„Was?" Der junge Mann wurde langsam wach und schaute ins Dunkel. „Ich schaffe das nicht, Naasih. Die Entzündung am Bein schwächt mich so sehr, ich würde diese Anstrengung wahrscheinlich nicht überleben. Außerdem halte ich dich damit nur auf."

„Quatsch!", winkte Naasih ab, „du schaffst das. Hier überlebst du erst recht nicht. Glaube bloß nicht, dass du geschont wirst. Daud wird garantiert kein Geld für einen Arzt ausgeben und du wirst genauso enden wie dein Vorgänger. Also, los!"

„Was ist denn mit dir? Bist du wieder fit?"

„Mach dir um mich keine Sorgen. Ich bin hart im Nehmen."

„Und Jemila? Ich habe ihr versprochen, dass wir gemeinsam von hier fort gehen. Sie hält es hier auch nicht mehr aus."

„Bist du verrückt? Wir können uns doch nicht auch noch mit einer Frau belasten! Außerdem ist sie eine von ihnen und ich habe nur Geld für uns zwei. Das geht einfach nicht."

„Ohne sie werde ich diesen Ort hier nicht verlassen. Sie ist zwar die Stieftochter von Daud, aber man behandelt sie hier wie uns, weil sie von einem anderen Mann ist. Ich habe auch noch ein wenig Geld beiseiteschaffen können. Also, was ist?"

„Wenn es unbedingt sein muss", lenkte Naasih ein.

Dann ging alles sehr zügig: Die jungen Männer packten die paar Dinge zusammen, die ihnen wichtig waren, und schlichen über den Flur zu Jemilas Schlafkammer. Glücklicherweise schlief sie dort alleine.

„Hey! Aufwachen!" Addae rüttelte die junge Frau aus dem Schlaf. „Es geht los! Ich hab dir doch versprochen, dass ich dich hier nicht im Stich lasse. Pack schnell ein paar Sachen zusammen!"

Jemilas Augen strahlten und sie umarmte ihren Helden vor Glück. „Danke!", flüsterte sie ihm zu.

Das gab Addae Kraft. Er spornte seine kleine Verehrerin zur Eile an und sie sammelte rasch ein paar wichtige Sachen zusammen, die sie in einen handlichen Beutel steckte – schon war Jemila bereit.

Rasch verließen beide das Zimmer, um Naasih nicht länger vor dem Haus warten zu lassen. Als sie auf den Flur traten, liefen sie jedoch direkt einer der Töchter Dauds die Arme.

„Was ist hier denn los?", fragte diese irritiert.

„Nichts! Weiterhin gute Nacht!", antwortete Addae flüchtig und lief mit Jemila im Schlepptau aus dem Haus.

Dort wurden sie schon ungeduldig erwartet und ohne zu Zögern setzte das Trio die Flucht fort. Als sie das Tor betätigten, gingen im Haus auch schon die Lichter an; eines nach dem anderen erleuchteten sich die Fenster. Addae vermutete, dass Dauds

Tochter ihren Vater sofort informiert hatte. Nun sollte die Hatz beginnen!

Naasih, Addae und Jemila wollten ihren Vorsprung noch ein wenig ausbauen und mobilisierten all ihre Kräfte, um so schnell wie irgend möglich davonzulaufen. Aber schon wenig später hörten sie das Bellen und Jaulen der Hunde, die Daud losgelassen hatte.

„Lauft zu!", rief Naasih nach Luft ringend.

Als die kleine Gruppe die Hauptstraße erreichte, fuhr gerade ein Omnibus in Richtung Stadt an ihnen vorbei und hielt kurze Zeit später an der nächsten Haltestelle.

„Na los! Den Bus müssen wir unbedingt erreichen, sonst sind wir geliefert!", spornte der junge Mann noch einmal alle an.

Der Bus hielt tatsächlich an, aber nur, um nach kurzem Stopp seine Fahrt gleich wieder fortzusetzen. Im selben Moment kamen auch schon die beiden Hunde um die Ecke; nun war schon ihr hechelnder Atem zu hören. Noch während der Bus anfuhr, sprangen Addae und Jemila auf die hintere Plattform auf. Naasih half ihnen dabei, bevor er selbst sich hinaufschwang. Die kläffenden Hunde näherten sich zügig und hatten den Bus bald eingeholt. Die Tiere waren so aufgestachelt, dass sie versuchten, bei voller Fahrt in den Bus zu springen. Das konnten Addae und Naasih gerade noch verhindern, indem sie nach ihnen traten. Jaulend fielen die Hunde zurück auf den Seitenstreifen und überschlugen sich dort ein bis zwei Male, bis sie liegenblieben. Zwar erholen sie sich sehr rasch, um die Verfolgung erneut aufzunehmen, doch der Bus war mittlerweile so schnell, dass die Tiere bald aufgaben.

„Puh! Das war knapp", schnaufte Addae erleichtert.

Aber Naasih schaute weiterhin besorgt zurück, denn er kannte den alten Daud zu gut, um zu glauben, dass dieser tatsächlich jetzt schon aufgeben würde. Dass er mit seiner Vermutung Recht hatte, wurde ihnen allen klar, als sie einen alten Pritschenwagen bemerkten, den sie nur zu gut kannten und der sich nun mit hoher Geschwindigkeit dem Bus näherte.

„Mist!", fluchte Naasih, „ist der hartnäckig! Wir müssen ihn irgendwie abschütteln."

„Wie wollen wir denn das anstellen?", fragte Addae skeptisch.

„An der nächsten Haltestelle müssen wir genau den Zeitpunkt abpassen, wenn Daud mit seiner Pritsche hinter dem Bus anhält. Das ist unsere einzige Chance: Wir müssen vorne aussteigen!" Kaum hatte Naasih diese Worte gesprochen, da machte er sich auch schon auf den Weg in den vorderen Teil des Busses; Addae und das Mädchen folgten.

An der nächsten Haltestelle ging dann alles sehr schnell: Der Bus hielt an und die Verfolger stoppten ihren Kleinlaster dahinter. Als Vater und Sohn den Bus durch die hintere Tür betraten, stieg das Trio vorn aus. Schnell rannten die Flüchtenden in den Eingang eines großen Marktes, wo sich zu dieser frühen Stunde schon genügend Menschen tummelten. Zwar konnten sie sich zügig unter das Volk mischen, aber die Verfolger hatten ihren Schachzug rasch durchschaut und drängten sich nun durch die Menge, um ihre flüchtigen Arbeitskräfte ausfindig zu machen. Das unüberschaubare Menschengewimmel hatte die Gesuchten aber unauffindbar geschluckt. Nach einiger Zeit gaben Daud und sein Sohn entmutigt auf, um sich in Richtung ihres abgestellten Pritschenwagens zu trollen.

Das beobachtete die kleine Gruppe interessiert aus ihrem vorläufigen Versteck. Sie hatten sich hinter einem der Stände abgeduckt, um von dort aus die Szenerie zu beobachten. Erst als der Transporter davonfuhr, wagte sich Naasih hervor. Vorsichtig schaute er sich in alle Richtungen um, bevor er den anderen beiden ein Zeichen gab.

„Was hast du denn am Bein? Du bist ja verletzt", machte Addae ihn auf eine blutende Wunde aufmerksam.

„So ein Mist! Hat mich doch tatsächlich eine der verseuchten Tölen erwischt!", fluchte der Verletzte, während er die Wunde näher betrachtete. „Jetzt bin ich auf immer verbannt", jammerte er.

Einige der Vorbeieilenden schauten mehr oder weniger interessiert in ihre Richtung.

„Wichtig ist, dass wir zuerst einmal ein paar Kräuter und Verbandsmaterial bekommen, damit es sich nicht entzündet. Sonst brauchst du dir wegen der Verbannung schon bald keine Sorgen mehr zu machen", mischte sich Jemila ein.

„Was hat es denn mit dieser Verbannung auf sich?", wollte Addae wissen, während sich die drei schon mit dem Strom der Menschenmenge mitreißen ließen und nach einem geeigneten Stand Ausschau hielten.

„Ja, weißt du das etwa nicht?", fragte Naasih überrascht. „Hunde sind unrein", erklärte er. „Zwar sind sie zum Bewachen und zum Jagen gut, aber ansonsten sollte man diese Tiere auf Abstand halten. Und auf keinen Fall sollte man sich von ihnen beißen lassen – ansonsten: Paradies adieu!" Mit finsterer

Miene zog Naasih bei diesen Worten die Handkante über seinen Kehlkopf.

Es war dem jungen Mann deutlich anzumerken, dass ihm die Sache mit der Verbannung tatsächlich schwer zu schaffen machte. Endlich fanden sie unter den unzähligen Ständen einen mit Heilkräutern. Jemila kannte sich damit aus und stellte eine kleine Mischung zusammen. Auch für Addaes fiebrige Erkrankung sammelte sie ein paar Kräuter in einen zweiten Korb. Ein paar Händler weiter fand sie ein wenig Verbandsmaterial, das aus den Erste-Hilfe-Kästen der importierten Autowracks stammte. Zügig und gekonnt versah sie den gebissenen Unterschenkel mit einem kunstvoll angefertigten Kräuterverband.

„So!", drängelte Naasih, „nun müssen wir uns aber auf den Weg machen! Sonst verpassen wir unseren Verbindungsmann für die Fahrt nach Norden."

Er war plötzlich wieder ganz der Alte, als wäre seine Sorge um sein Dasein nach dem Tod wie beiseitegeschoben. Zumindest vorerst schien er nicht mehr daran zu denken.

„Wo müssen wir denn hin?", fragte Addae interessiert.

„Zum Haupteingang der Agbog!"

„Was bezeichnest du denn dort als Haupteingang?", lachte Addae. Die Agbog hat doch überall Eingänge!"

Naasih kümmerte sich nicht weiter um diese Bemerkung; er schien es nun sehr eilig zu haben. Glücklicherweise konnte die kleine Gruppe ihre Reise ohne Verzögerung mit dem nächsten Bus von dort aus fortsetzen, wo sie zuvor abrupt unterbrochen worden war. Ohne weitere Komplikationen erreichten sie bald den Treffpunkt an dem angeblichen Haupteingang der Müllhalde Agbogbloshie.

„Was ist das hier?", fragte Jemila teils angewidert, teils verunsichert.

„Unser bisheriger Arbeitsplatz. Hier ließ dein Vater uns tagtäglich arbeiten", antwortete Naasih ein wenig schnippisch.

„Er ist nicht mein Vater", flüsterte sie fast unbemerkt, denn Naasih hielt schon nach der Kontaktperson Ausschau.

„Mensch, wo bleibt der denn bloß? Oder ist er schon weg?", fragte Naasih nervös.

„Wie sieht er denn aus?", fragte nun Addae dazwischen.

„Na, wie soll er schon aussehen? Wie eben ein Ghanaer so ausschaut: Groß und schlank, mit einem Hut bekleidet."

„Ist es der dort hinten, der sich dauernd umschaut und jetzt davonschlendert?", bemerkte Jemila und zeigte in die Richtung eines Mannes.

„Ja, das ist er! Los, hinterher!", rief Naasih aufgeregt.

Ohne lange zu überlegen liefen sie in Richtung dieses Mannes. Einige Leute schauten ihnen verwundert hinterher, aber das kümmerte sie jetzt nicht.

„Abduh! He, warte!", rief Naasih schon auf halber Strecke ein wenig kurzatmig.

Der Mann drehte sich zögerlich um, als müsse er erst einmal darüber nachdenken, ob er überhaupt reagieren solle. Als die Gruppe ihn dann endlich erreicht hatte, sagte er arrogant: „Ihr seid spät! Wenn jemand etwas von mir will, muss er auch pünktlich sein. Aber heute ist euer Glückstag und ich will mal nicht so sein. Allerdings war nur von zwei Personen die Rede und eine Frau wurde ebenfalls nicht erwähnt."

„Ist das ein Problem?", fragte Naasih.

„Problem? Ich habe kein Problem!", erwiderte Abduh, „aber du könntest eines haben, wenn du zu viel versprochen hast. Bei mir ist alles nur eine Frage des Geldes: Stimmt die Summe, dann stimmt auch das Geschäft. Also – hast du genug dabei?"

Schweren Herzens zählte der junge Mann die Scheine in die fleischige Hand des Mittelsmannes. Als der letzte Schein darin landete, schaute Abduh Naasih mit eiskaltem und starrem Blick an, schüttelte dann den Kopf und sagte monoton: „Das reicht nicht!"

Mit diesen knappen Worten schubste er sein Gegenüber weg und ließ verächtlich die Geldnoten auf den Boden fallen, als wären sie gar nichts wert. Während die drei eilig jeden einzelnen Schein wieder aufsammelten, drehte sich Abduh arrogant um und stiefelte davon.

Natürlich gehörte dieses Verhalten mit zum Geschäft, denn er konnte sich sicher sein, dass die Verhandlungen damit nicht beendet waren; Abduh kannte allzu gut derartige Situationen. Und so kam es dann auch, wie er es erwartet hatte: Die Gruppe nahm einen erneuten Anlauf, um mit ihm in Verhandlung zu treten. Um die Spannung und den Druck bei ihnen noch ein wenig zu erhöhen, drehte Abduh sich zunächst gar nicht nach ihnen um und ging scheinbar desinteressiert einfach weiter.

„Mann, nun höre uns erst einmal an!", rief Naasih verzweifelt. „Wir haben doch noch etwas mehr Geld zusammenbekommen."

Dickfellig setzte der angesprochene Mann seinen Weg fort.

„Warum behandelst du uns wie den letzten Dreck? Wir sind doch kein Vieh!", mischte sich nun Addae ein.

Erst jetzt ließ sich der Zwischenhändler dazu herab, weiter mit ihnen zu verhandeln: „Na, was habt ihr mir denn anzubieten?", fragte er geringschätzig.

„Hier, das ist alles, was wir haben!", sagte Naasih und legte ein dickes Paket Scheine in die ausgestreckte Hand seines Gegenübers.

Abduh zählte die Banknoten ab, zögerte einen kurzen Moment und nickte dann zustimmend. „Okay, ich will mal nicht so sein", lenkte er anscheinend großmütig ein, „wartet kurz hier. Ich muss erst einmal telefonieren."

Abduh ging einige Meter weiter, zückte sein hochmodernes Handy und telefonierte mit jemandem, der offensichtlich nur Englisch sprach. Nach dem kurzen Gespräch wendete er sich wieder seinen Kunden zu und erklärte alles Weitere:

„Sooo!", tat er wichtig, „hier auf diesem Zettel stehen alle notwendigen Kontaktdaten. Dieses Mal solltet ihr aber auf jeden Fall pünktlich sein, sonst fährt der LKW ohne euch ab!"

Abduh übergab Naasih eine kleine Notiz, auf der einige Informationen standen. Kaum hatte er diesen Zettel übergeben, wandte sich der Zwischenhändler auch schon ab.

„He!", wollte Naasih noch einwenden, „warte mal!", aber Abduh war schon in der Menge verschwunden.

„Ja und nun?", fragte Addae und schaute dabei flehend in Richtung Himmel.

„Was erwartest du denn von dem dort oben?", fragte Naasih zornig, „der hat uns doch schon längst vergessen! Ansonsten wären wir gar nicht in dieser Misere!"

„Na ja, aber auf dem Zettel wird doch wohl ein Hinweis stehen, oder?", beschwichtigte Jemila.

„Das schon", sagte Naasih müde. „Wir sollen in das ungefähr 25 Kilometer entfernte Tema kommen und werden dort dann im Containerhafen von einem LKW erwartet. Aber wie sollen wir dort bitte schön hinkommen ohne einen einzigen Cedi in der Tasche?"

„Hier!" Jemila streckte ihre Hand aus. „Ich habe noch ein paar Scheine zurückbehalten, aber dann bin ich auch blank."

Den beiden jungen Männern war die Erleichterung anzusehen. „Dann los!", feuerte Addae den Rest der Gruppe an.

„Du bist gut! Wohin müssen wir denn? So einfach ist das nicht", warf Naasih ein, „wir müssen erst einmal zum nächsten Bahnhof, um zu schauen, welcher Zug nach Tema fährt."

Wieder einmal war die kleine Gruppe auf Achse: zunächst mit dem Bus bis zum nächsten Bahnhof und dann fragten sie sich durch, um die richtige Bahnverbindung nach Tema in Erfahrung zu bringen. Dieses Mal schien ihnen das Glück wohlgesonnen: In das „Greater Accra", wie das ehemalige kleine Dorf auch genannt wird, fuhr recht häufig eine Vorortbahn.

Für Addae war das ein besonderes Erlebnis, denn er fuhr zum ersten Mal in seinem Leben mit einem Zug. Er genoss es, aus dem Fenster zu schauen und die Landschaft an sich vorbeiziehen zu lassen – zumal die Strecke entlang der Küste auch recht reizvoll war.

„Tja", unterbrach Naasih die Besinnlichkeit, „hier wohnt wohl die High Society von Accra. Diese fünf Prozent lassen es sich so richtig gut gehen, während

95 Prozent in den Slums leben und ausgebeutet werden. Angeblich haben sie von nichts eine Ahnung – genauso wie dein vermeintlicher Stiefvater."

Während Naasih so vor sich hin politisierte, versorgte Jemila seine Bisswunde am Bein mit einem neuen Kräuterverband.

„Ich kann nichts dafür", warf sie nun ein, „ich habe ihn mir nicht ausgesucht. Und er hat auch mich reichlich ausgenutzt, genau wie der Rest der Familie."

Naasih zog trotzig sein Bein weg und schimpfte: „Du brauchst dir gar nicht weiter Mühe zu geben mit dem Verband, das ist ohnehin alles sinnlos: Das Paradies ist für mich erledigt."

„Denk doch nicht immer so negativ", beschwichtigte Addae, „jetzt wird doch alles besser. Außerdem kannst du einen Schamanen aufsuchen, der deine Verletzung bespricht."

„Das ist ja ganz toll!", sagte Naasih ironisch. „Vielleicht gibt es dort, wo wir hin wollen, gar keine Schamanen."

„Ach, Mann! Dir kann man aber auch nichts recht machen", wetterte Jemila.

Langsam näherte der Zug sich Tema. Als er quietschend im Bahnhof einfuhr und endlich mit kreischenden Rädern zum Stehen kam, wuselten Unmengen von Menschen wie in einem Ameisenhaufen auf dem Bahnsteig umher, um diesen Zug zu erreichen oder einfach nur nach ankommenden Reisenden Ausschau zu halten.

„Könnt ihr euch vorstellen, dass hier einmal riesige Kürbisfelder waren?", stellte Naasih in den Raum, als sie vor einer der Türen warteten.

„Woher weißt'n das?", fragte Addae.

„Dieser kleine Ort, der inzwischen eine Industriemetropole ist, war mal Kürbishochburg – daher stammt auch der Name", wusste Naasih.

„Na ja, das mag ja ganz interessant sein", sagte Jemila trocken, „aber nun möchte jetzt eigentlich lieber wissen, wie wir zu unserem nächsten fahrbaren Untersatz kommen, der ja auch nicht ganz billig war."

Es war sehr schwierig, sich durch die Menschenmenge einen Weg zu bahnen, um den Bahnhof verlassen zu können. Zeitweise hatten die drei das Gefühl, der Strom würde sie zurückschwemmen. Erst vor dem Bahnhof schien es ihnen sinnvoll, nach dem Weg in Richtung Containerhafen zu fragen und selbst dort stellte es sich aufgrund Völkervielfalt als schwierig dar. Mit viel Mühe und Zeichensprache näherten sie sich dann aber doch endlich dem Ziel – so glaubten sie zumindest.

„Was ist denn das?", fragte Naasih entsetzt, als sie beim Containerhafen ankamen.

Riesige Containerberge türmten sich auf und rechtwinklige Gassen führten zwischen ihnen hindurch. Hier verloren sie rasch die Orientierung, denn alles sah gleich aus.

„Wie sollen wir uns hier zurechtfinden?", fragte Addae entmutigt.

„Meine Güte noch mal!", empörte sich Jemila, „was seid ihr eigentlich für Schwarzseher? Bei jedem kleinen Problem gebt ihr gleich auf. So kommen wir aber nicht weiter – ein Plan muss her!"

„Und an was hast du gedacht?", wollte Naasih wissen.

„Wir müssen systematisch vorgehen", dachte sie laut nach. „Zeig mal her, was steht auf dem Zettel?" Jemila nahm die Notiz an sich und las die Hinweise noch einmal genau durch. „Passt auf", forderte sie dann die beiden Jungen auf, „wir teilen uns und arbeiten parallel jeden Gang ab. Am Ende treffen wir uns wieder und dann geht es weiter."

Gesagt, getan: Nacheinander wurde jede Containergasse abgeschritten. So war die kleine Gruppe dann recht lange auf dem Containerterminal unterwegs, was auch nicht ganz ungefährlich war, denn überall fuhren mit halsbrecherischer Geschwindigkeit die sogenannten Carrier – sehr hohe Fahrzeuge auf acht Rädern, die die riesigen Container transportierten. Langsam wurde die Zeit knapp, denn der angegebene Zeitpunkt für die Abfahrt des LKW rückte näher. Selbst Jemila wurde nun langsam unruhig und wusste bald auch keinen Rat mehr. Allerdings wollte sie sich nichts anmerken lassen, um ihre beiden Begleiter nicht wieder panisch werden zu lassen.

„Los Jungs!", munterte sie auf, „sind nur noch ein paar Gänge!"

Und die junge Frau sollte Recht behalten: Auf dem nächsten großen Areal stand ein LKW mit Containerauflieger. Eine größere Gruppe von Menschen stand am Heck und einige diskutierten mit einem wichtig aussehenden Mann.

„Geschafft!", sagte Naasih erleichtert und ging zielstrebig auf den Mann zu.

Allerdings hat er die Rechnung da ohne den Wirt gemacht, denn so einfach war das nicht: Sofort formierte sich aus der Gruppe heraus eine Front gegen die Neuankömmlinge. Um welche Abneigung oder nicht eingehaltene Hierarchie es sich hier handelte, war zunächst gar nicht erkennbar.

„Was ist denn nun schon wieder?", wollte Naasih wissen, während er sich gemeinsam mit den anderen beiden zügig wieder zurückzog. Aus sicherer Distanz beobachteten sie die Szenerie und warteten ab, was geschehen würde, aber eine ganze Zeit lang passierte nichts Besonderes.

„Meinst du nicht, wir sollten noch einmal nachfragen?", drängelte Addae.

„Kannst es ja gerne versuchen", ließ Naasih ihm hämisch den Vortritt, „beschwere dich aber nicht, wenn's schief geht."

Irgendwann, als der Container geöffnet wurde, kam dann aber reichlich Bewegung in das Ganze. Von allen Seiten strömten nun plötzlich kleine Gruppen in Richtung des LKW. Jede dieser Gruppen hatte irgendeinen Wortführer, der ein wenig Konservation mit dieser anscheinend wichtigen Person betrieb und dann verschwand einer nach dem anderen im Innern des Containers.

„Los!", drängelte Addae, „wenn jetzt nicht, wann dann?"

Vorsichtig bewegten sich die drei ebenfalls in die Richtung des Mannes und wieder schoben sich zwei

Muskelprotze vor ihn, als ob sie ihn gegen irgendwelche Gefahren abschirmen müssten. Dann gab der Mann den Möchtegern-Bodyguards aber ein kurzes Zeichen und sie ließen die Neuankömmlinge zu ihm durch.

„Habt ihr was für mich?", fragte er an Naasih gewandt.

Alle drei schauten ihn mit großen fragenden Augen an und standen für einige Sekunden wie gelähmt inmitten des Kreises, bis Naasih von Jemila einen Stoß in die Rippen bekam und wachgerüttelt wurde.

„Na los!", forderte sie, „zeig ihm den Wisch!"

„Ach ja, den Wisch", stammelte der groß gewachsene junge Mann und wühlte unbeholfen in seiner Hosentasche. „Hier, das ist der Zettel von unserem Kontaktmann. Er hatte Sie angerufen."

Der Mann ergriff das Stück Papier mit seinen kräftigen Händen und musterte es kritisch. Unendlich schien die Zeit sich zu dehnen, bis die Erlösung kam: „Na gut, ihr seid dabei. Ihr zwei in diesen Container und du fährst mit dem nächsten mit."

„Aber wir gehören doch zusammen!", protestierte Naasih. „Wir haben doch auch für alle gemeinsam bezahlt."

„Nichts da! Entweder ihr akzeptiert das oder eure Reise endet noch bevor sie überhaupt begonnen hat", kam bestimmend zurück.

Kaum hatte er dies ausgesprochen, da gingen auch schon die muskelbepackten Bodyguards dazwischen und drängten Naasih bestimmend ab. Nur langsam bewegten sich Addae und Jemila in Richtung Container, während sie verzweifelt in Richtung ihres Freundes zurückschauten. Es war ihnen nicht geheuer, voneinander getrennt zu werden und die gesamte Szenerie der Trennung hatte plötzlich etwas Endgültiges an sich.

*

*D**er Mund des altgedienten Polizeibeamten wurde immer größer – Addaes Schilderungen zogen ihn mehr und mehr in ihren Bann. Er mochte manchmal gar nicht glauben, was ihm von dem jungen Mann erzählt wurde. Dennoch musste sich der Kripobeamte nun wieder von der Geschichte lösen, denn immerhin sollte er nebenbei noch den Fall aufklären. Obwohl der spannende Erlebnisbericht auch dieses Mal nicht besonders hilfreich dafür war, empfand der Polizist*

Ehrfurcht und Hochachtung. Er hatte schon viel in seinen Berufsjahren erlebt, aber das überstieg doch ein wenig seine Vorstellungskraft.

An der Dienststelle empfing ihn Herbert bereits mit Fragen zu der vermissten Kim:

„Na, erzähl schon, was war los? Wo hat denn deine Tochter gesteckt?"

„Du wirst es nicht glauben, aber sie ist morgens prompt in den falschen Bus eingestiegen und am anderen Ende der Stadt gelandet. Dort stieg sie an der Endstation aus und irrte den ganzen Vormittag auf der Straße umher. Irgendwann sah Kim dann eine Terrassentür offen stehen, ging hinein und sagte zu dem Ehepaar dort, dass sie Kim heiße und nicht nach Hause finden würde."

„Nö, das ist nicht dein Ernst, oder?!" staunte Herbert. „Und dann?"

„Tja, die Leute haben sie dann in deren Auto gesetzt und sind so lange mit ihr umhergefahren, bis ihr etwas bekannt vorkam. Irgendwann kamen sie dann auf dem Ebensberg an."

„Na, was für'n Glück, dass Kim an diese Leute geraten ist! Gehört aber viel Mut zu, einfach in ein Haus zu gehen und keck zu fragen. Na, nun ist ja auch alles wieder in Ordnung und deine Frau ist sicherlich

beruhigt. Ich schätze mal, dass ihr eurer Tochter erst einmal ein Handy kauft, oder?"

„Na, mal seh'n. Hat ja alles seine Vor- und Nachteile. So, jetzt müssen wir aber erst einmal mit dem Fall vorankommen. Gibt es da was Neues? Herr Kwame hat heute zumindest erneut diesen Naasih erwähnt. Es besteht also tatsächlich zwischen beiden Personen ein Bezug", wurde Kurt umgehend wieder sachlich.

Herbert schilderte kurz den Sachstand in dem Fall und zog Bilanz zu den bisher erworbenen Hinweisen. Viel war es wirklich nicht, was sie da zusammen getragen hatten. Der einzige wirklich vielsprechende Hinweis führte zu dem Kasernengebäude.

Plötzlich wurde das Team durch das Telefon aus dem Grübeln gerissen.

„Bernhard, Kripo Lüneburg", wurde das Gespräch emotionslos angenommen und dann folgte ein aufmerksames und hoch konzentriertes Zuhören.

„Ja, Herr Staatsanwalt, sie haben sicherlich recht"; sprach Kurt dann beschwichtigend in den Hörer „nur sind uns momentan die Hände gebunden. Unsere Ermittlungen laufen wirklich auf Hochtouren. Sobald wir etwas Brauchbares haben, informieren wir Sie umgehend."

Nach einigen Malen Kopfnicken und bejahenden Zustimmungen legte Kurt mit verdrehten Augen auf.

„Oje, der geht mir wirklich auf den Geist!" ließ der Oberkommissar erst einmal Luft ab.

„Nun ja, die kriegen von den örtlichen Politikern sicherlich auch reichlich Druck", war Herberts Meinung dazu.

Während er seinen Satz noch beendete, fiel sein Blick schon gebannt auf den Bildschirm und er las eine Mail von der Soko Straßenraub.

„Du, Kurt, das liest sich hier wirklich sehr interessant!" Sagte Herbert dann. „Die von der Soko haben die Fingerabdrücke auf unseren Scherben mit denen ihrer Täter abgeglichen und da gibt es eine eindeutige Übereinstimmung. Das ist doch mal was, oder?!"

„Na, dann müssen wir ja nur noch diese Räuber finden. Ich werde jetzt einen Durchsuchungsbeschluss für das Kasernengebäude beantragen", äußerte Kurt entschlossen.

Für Addaes weitere Erzählung fand der Beamte erst zwei Tage später Zeit.

*

Jamila und Addae hatten die Öffnung der Stahlkiste kaum erreicht, da wurden sie auch schon in das Innere des Kolosses geschoben und dann schlossen sogleich quietschend und mit lautem Getöse die stählernen Türen hinter ihnen. Man hörte nur noch das Poltern der Verriegelung, dann war Stille.

Im Inneren des Containers gab es lediglich Schummerlicht durch eine kleine Deckenbeleuchtung und man konnte nur annähernd erahnen, wie viele Menschen auf diesem engen Raum zusammengedrängt worden waren. Eines war allerdings klar: Für eine derart lange Reise waren das auf jeden Fall viel zu viele Menschen. Die Luft war bereits stickig und es war viel zu eng. Das andere Ende des Containers war nicht zu sehen und soweit Addae noch schauen konnte, blickte er in verzweifelte und furchtsame Augen. Schon jetzt hatte er das dumpfe Gefühl, dass diese Reise nicht gut enden würde und Jemila klammerte sich verängstigt an ihrem Partner fest.

„Keine Angst", beruhigte Addae sie, „ich werde dich nicht alleine lassen."

Mittlerweile hatte er für seine Begleiterin eine gewisse Zuneigung entwickelt, was ihn auch persönlich in die entsprechende Beschützerrolle drängte. Jemila blieb das nicht verborgen und sie nahm seine Hilfe in dieser Situation gerne an. Wären die Umstände ein wenig günstiger gewesen, so hätten sie sich ihre gegenseitigen Gefühle sicher besser zeigen können.

Schwerfällig und polternd setzte sich das Gespann in Bewegung. Das unbequeme Gefährt bot kaum Komfort. Der Anhänger war nicht gefedert, so dass die Unebenheiten der Straße direkt in den Container übertragen wurden. Durch die starke Beschleunigung des Fahrzeugs und der Tatsache, dass niemand sich auf die konträren Bewegungen vorbereiten konnte, kam die Menschenmasse, die sich zudem nirgends festhalten konnte, reichlich in Bewegung. Einer fiel über den anderen und kaum hatten sich alle wieder zurechtgerückt, schickte auch schon die nächste Kurve eine Wellenbewegung durch die Masse.

Krampfhaft hielt sich Jemila an Addae fest. Mittlerweile befanden sie sich schon längst nicht mehr an ihrem ursprünglichen Platz, sondern lagen inmitten des Containers.

„Lass mich bloß nicht los", flehte sie.

Eine Antwort brachte Addae nicht heraus, denn schon wieder wurden sie durch einen Richtungswechsel alle durcheinandergewürfelt. Das ging noch eine ganze Weile so weiter, bis sich der LKW endlich auf der geraden Überlandstraße befand. Dort waren es dann nur noch die Schlaglöcher, die ihnen allen mal mehr und mal weniger durch Mark und Bein gingen.

Mehr noch als die Erschütterungen, machte ihnen die Hitze nun zu schaffen und dass die Luft mit der Zeit immer knapper wurde. Der Container war für so viele Menschen einfach zu wenig belüftet – zumal er für den Transport von Lebewesen auch gar nicht vorgesehen war. An Wasser war lediglich das vorhanden, was ein jeder gerade bei sich hatte, und das war im besten Fall eine große Kunststoffflasche voll. Bei den meisten war das Wasser schon nach kurzer Zeit aufgebraucht und niemand wusste, wann der LKW das nächste Mal anhalten würde.

„Wo fahren wir eigentlich hin?", wollte Jemila wissen.

„Naasih hat irgendetwas von Marokko gesagt und von einem Ort namens Tanger aber genau weiß ich es auch nicht.", antwortete Addae.

„Ist das weit?"

„Ich glaube schon."

„Wie weit denn?"

„Na ja, für mich war ja schon das nächste Dorf weit weg ... Es ist wohl eine Reise von mehreren Tagen."

Niemand wusste so richtig, ob es nun Tag oder Nacht war. Kein Lichtschein drang von außen in den Container und es gab auch keinen Spalt, durch den man hätte blinzeln können, um etwas von der Außenwelt zu erfahren. Ein jeder konnte nur ungefähr erraten, wie viel Zeit seit der Abfahrt vergangen war. So mancher wurde auch schon unruhig – so auch Jemila. Es machte sie regelrecht krank, mit unzählig vielen Menschen in diesem dunklen Loch zu sitzen und nicht zu wissen, was um sie herum geschah oder welche Tageszeit es war.

„Sag' mal, irgendjemand muss doch eine Uhr haben. Trägst du keine Armbanduhr?", fragte sie nervös.

„Ich und eine Armbanduhr? Was soll ich denn damit?", wunderte sich Addae. „Soll ich dir sagen, was mein Vater mir mal mit auf den Weg gegeben hat? – Eine Uhr ist völlig überflüssig, da die Zeit einen nur behindert. Sie ist ja eine Konstante und sowieso unveränderbar. Niemand kann die Zeit beeinflussen und selbst wenn man ständig auf eine Uhr schaut, kann unser Rhythmus nicht geändert werden."

„So hat er dir das gesagt? Das hört sich ganz schön weise an. Aber soll ich dir mal was sagen? – In diesem Moment hilft mir das nicht wirklich weiter", kam von Jemila etwas schnippisch zurück.

Plötzlich stoppte das Gespann. Eine ganze Zeit lang passierte gar nichts, bis sich dann endlich die Türen des Containers öffneten. Es war dunkle Nacht, so dass niemand sehen konnte, was draußen war. Gerade wollten die ersten Reisenden aussteigen, als plötzlich ein kräftiger Wasserstrahl von außen in den Container geschossen wurde. Die Kraft des Strahls war so heftig, dass sie alle, die von ihm getroffen wurden, mit großer Wucht über den Boden schleuderte. Niemand hatte die Chance, dieser Kraft standzuhalten.

Für einige Minuten wurde diese Tortur aufrechterhalten, dann wurde das Wasser abgestellt und es wurden einige Wasserkanister in den Container geschleudert, gefolgt von halb vergammelten Bananen und altem Brot. Noch bevor jemand reagieren konnte, wurde die Klappe wieder verschlossen und kurz danach ging die Fahrt weiter. Niemand interessierte sich für den Zustand oder die Bedürfnisse der eingepferchten Menschen.

„Was sind das bloß für Bestien?", fragte Addae aufgebracht.

Auch andere Mitreisende äußerten Empörung. Einige traten und schlugen gegen die Außenwand oder die Türen des Containers, aber es passierte nichts weiter als dass sich der eine oder andere eine Verletzung zuzog, da der LKW wieder einmal unsanft anfuhr und sogleich in ein Kurvenmanöver überging.

Nachdem sich die Gemüter wieder ein wenig beruhigt hatten und ein jeder sich mit seinem Schicksal abgefunden hatte, ordneten sich vereinzelt die Gruppen wieder, soweit das überhaupt möglich war, und es wurde möglichst gleichmäßig Essen und Trinken verteilt. Allerdings war nun schon eine gewisse Rivalität zu verspüren.

Das Gespann preschte weiterhin über die Wüstenpiste durch die Nacht und niemand konnte ihm von außen ansehen, welche brisante Fracht es transportierte. Aber hätte das überhaupt jemanden interessiert?

Der nächste Tag wurde erneut durch die große Hitze bestimmt und die Luft wurde immer unerträglicher. Die Stimmung unter den Reisenden begann langsam, zu kippen – insbesondere als einige von ihnen Schwächeanfälle erlitten. Hilfe von außen war nicht zu erwarten. Addae bemerkte, dass einige der Männer – allen voran die nigerianischer Abstammung – sehr gereizt waren.

„Du, lass uns mal ein wenig nach hinten gehen", forderte er Jemila auf.

„Warum?"

„Ich möchte nicht von der wütenden Meute überrannt werden, wenn der Container wieder einmal geöffnet wird, und dann zwischen den Fronten stehen", war seine Befürchtung.

Zunächst sollten sich seine Ängste nicht bestätigen. Allerdings wusste er nicht, ob dies ein Grund zur Freude war, denn das bedeutete auch, dass der Zustand im Inneren des Containers zunehmend angespannter wurde.

Bald vermochte Addae nicht mehr einzuschätzen, wie viele Tage und Nächte sie bereits unterwegs waren. Aber das ging sicherlich nicht nur ihm so, denn die ewige Dunkelheit und das gleichmäßige Fahrgeräusch ließen ein jeden das Gefühl für Zeit und Raum verlieren. Nur wenige wussten ungefähr, in welches Land dieser LKW fahren sollte und noch weniger, welche Nationen bei dieser Reise durchquert werden mussten. Als Ziel wurde von einigen immer wieder Marokko erwähnt, aber ganz sicher war sich niemand. Eines war aber allen gewiss: Sie wollten letztendlich nach Europa – bis dahin sollte allerdings noch viel geschehen.

Mittlerweile war das Gespann schon einige Tage unterwegs und außer zu Schlafen und auf sich selbst aufzupassen war in dem dunklen Container nicht viel möglich. Allerdings war der Schlaf nie richtig tief und erholsam. Die unmittelbaren Nachbarn aus Nigeria waren Addae nicht geheuer und so wurde er bei jedem ungewöhnlichen Geräusch wach.

„Halte bloß Abstand, soweit es geht", forderte er besorgt Jemila auf und zog sie zu sich heran.

Bei diesen unangenehmen Nachbarn handelte sich um eine fünfköpfige Gruppe junger Männer, die zwischen achtzehn und zwanzig Jahre alt waren. Eine Verständigung mit ihnen war kaum möglich.

Als Addae wieder einmal eingeschlafen war, wurde er plötzlich durch ein unterdrücktes Wimmern wach. Als er etwas wacher wurde, erkannte er die Stimme: Es war die von Jemila. Zuerst dachte er, sie läge neben ihm und würde schlecht träumen. Allerdings griff seine Hand ins Leere und dann realisierte er, dass dieses Wimmern aus einigen Metern Entfernung kam.

Er robbte in die Richtung, aus der er Jemilas Stimme hörte, und dann sah er im Halbdunkel, was dort geschah: Zwei der Nigerianer hielten seine Freundin fest, während ein dritter sie vergewaltigte. Ein weiterer Mann hielt ihr den Mund zu, so dass sie kaum zu hören war. Addae sah die verzweifelten und hilfesuchenden Augen Jemilas – es war ein Bild des Grauens.

„Hört auf!", schrie er und stieß den Mann, der gerade seinen unmenschlichen Akt vollzog, beiseite. Aber schon im nächsten Moment traf ihn ein Faustschlag so heftig im Gesicht, dass er ohnmächtig wurde.

Addae wusste nicht, wie lange er ohne Bewusstsein in der Ecke gelegen hatte. Als er wieder klar wurde, lag seine Freundin völlig lethargisch neben ihm.

„Jemila!", versuchte er zu ihr durchzudringen. „He, wach auf! Es wird alles wieder gut!"

Aber nichts von dem, was er ihr sagte, schien bei ihr anzukommen. Während Addae sie in seine Arme nahm, wurde sie schwächer und schwächer. Die Männer hatten sie immer und immer wieder missbraucht und keine Rücksicht darauf genommen, ob sie sie dabei verletzten. Wie Tiere waren sie über das junge Mädchen hergefallen und hatten erst von ihm abgelassen, als ihre animalischen Gelüste befriedigt waren. Dann war Jemila in ihrer zerfetzten Kleidung wie eine ausgediente Sache neben Addae abgelegt worden.

Einer der Männer sah zu dem Paar herüber, stand auf und kam auf sie zu. Als er vor ihnen stand, blickte er sie verächtlich an und zu guter Letzt bespuckte er sie noch. Dann kehrte das Ungeheuer zu seiner Gruppe zurück.

Addae wollte aufstehen, um wenigstens einen kleinen Rest seiner Würde zu bewahren, aber aufgrund des heftigen Schlags durchschoss ihn ein derart starker Schmerz, dass er sofort wieder in sich zusammensackte.

Während der nächsten Stunden bemerkte Addae, wie aus Jemilas Körper nach und nach das Leben entwich. Ohne ein weiteres Wort von ihr gehört zu haben, verstarb seine Begleiterin in seinen Armen. Addae verstand die Welt nicht mehr. Er saß dort mit dem Leichnam seiner Freundin und fragte sich immer wieder: „Warum? Weshalb haben sie ihr das angetan?"

Hilfe brauchte er von den anderen Mitreisenden nicht zu erwarten. Ein jeder war mit sich selbst beschäftigt und Jemila war nicht die erste zu beklagende Tote im Container.

Tiefe Trauer überkam Addae, aber zugleich auch Wut. Die Tränen, die langsam seine Wangen herunterliefen, konnte er nicht unterdrücken. Am liebsten hätte er sich die fünf Männer vorgeknöpft, aber seine Vernunft sagte ihm, dass er diesen ungleichen Kampf nicht überleben würde.

Stunde um Stunde wachte Addae über dem toten Körper seiner Freundin und seine Gedanken kreisten immer wieder um die Frage, wie er das alles hätte verhindern können. Immer wieder machte er sich Vorwürfe, dass er sein Versprechen nicht eingehalten hatte und Jemila nicht hatte beschützen können. Ihm war es mittlerweile auch ganz gleichgültig, ob er jemals lebend aus diesem Container herauskommen würde.

Mittlerweile war er schon seit fast einem halben Jahr von Zuhause weg und er hatte sich sein Abenteuer damals anders vorgestellt. Aber eine innere Stimme sagte ihm, dass sich die Reise lohnen würde und alle diese Widrigkeiten nur Teil einer großen Sache seien.

Nach Jemilas Tod ging die Fahrt einfach weiter. Für Addae dehnte sich die Zeit zur Ewigkeit und er hatte das Gefühl, es wären schon einige Tage vergangen, ohne dass sich an der Gesamtsituation etwas geändert hatte. Allmählich wurde es um ihn herum immer stiller und ihn beschlich das ungute Gefühl, nur noch von Leichen umgeben zu sein.

Plötzlich stoppte der LKW und es wurde sehr laut und unruhig draußen.

„Come out! – Come out!", rief eine Männerstimme sehr bestimmend und unmissverständlich.

Für einen Moment war Stille, dann fielen plötzlich mehrere Schüsse und ein dumpfer Aufprall war zu hören. Wiederum wurde es still, bis einige Stimmen in einer unbekannten Sprache aufgeregt aufeinander einzureden begannen. Die Stimmen bewegten sich entlang des Containers und dann gingen plötzlich die Türen auf.

Es war als wäre eine Konservenbüchse geöffnet worden und das Vakuum würde entweichen. Frische Luft durchströmte das Innere des Containers und die Sonne blendete grell herein.

Es war als würden die über so lange Zeit eingesperrten Menschen durch die Luft und das Licht zu neuem Leben erweckt werden: Nach und nach kam in die Masse Bewegung und einige trauten sich, wenn auch zunächst etwas unsicher, zum Eingang. Zuerst erkannte noch niemand, was ihn dort erwartete, aber dann wurde ihnen schemenhaft klar, dass draußen Soldaten standen, die ihre MPs auf die hilflosen Menschen richteten.

Sekundenlang passierte nichts. Beide Gruppen standen sich erstaunt und wie gelähmt gegenüber, bis einer der Uniformierten erschrocken reagierte:

„Oh, shit!"

Die weiteren Äußerungen waren nicht zu verstehen, aber die Gestik der anderen Soldaten war eindeutig: Man würde die Türen wieder schließen. Ein paar der Containerinsassen konnten noch schnell hinausspringen – unter ihnen auch die fünf Nigerianer, die Jemilas Leben jäh beendet hatten.

Dann schlossen sich die großen Luken geräuschvoll und die Dunkelheit bestimmte für die restlichen Insassen erneut die Szenerie. Es dauerte nicht lange und es fielen wieder Schüsse. Ihnen allen war klar, dass ihre Überlebenschancen sehr gering waren.

Nachdem die MP verstummt waren, kehrte für einen Moment Ruhe ein. Dann entbrannte ein aufgeregtes Gespräch zwischen den Soldaten. Addae wusste das Geschehene nur schwer einzuordnen. Das Verhalten der Uniformierten, welcher Nation sie auch immer zugehörig sein mochten, beunruhigte ihn. Außerdem machte er sich Sorgen darüber, was sich ihm bei geöffneten Containertüren offenbaren würde. Als die Türen für einen Moment geöffnet gewesen waren, hatten nur die wenigsten seiner Mitreisenden sich noch bewegt – es hatte den Anschein, dass nur noch wenige von ihnen lebten.

Addae blieb nicht viel Zeit, sich darüber Gedanken zu machen. Das Streitgespräch der Soldaten verstummte plötzlich, dafür ertönte wieder die gleichmäßige Sprache des rauen LKW-Motors. Was hatte diese kleine Gruppe von Militärs nun vor? Das Gespann setzte sich langsam in Bewegung und niemand wusste, wo die Fahrt nun hingehen sollte.

Niemand im Container wagte es, auch nur ein Wort über die Lippen zu bringen. Zwar war die Stimmung schon die ganze Zeit über bedrückend gewesen, aber nun war deutlich zu merken, dass ein jeder sein Ende vor Augen hatte.

„Was passiert mit uns?", fragte ein älterer Mann Addae plötzlich ängstlich aus dem Dunkel heraus.

„Ich kann es auch nicht sagen, aber wir können wohl mit dem Schlimmsten rechnen", antwortete er.

Nach relativ kurzer Fahrt stoppte der LKW. Das Motorengeräusch verstummte und die Tür des Führerhauses wurde kurz geöffnet und zugeschlagen. Ein anderes Fahrzeug näherte sich rasch, hielt an und nahm offensichtlich den LKW-Fahrer auf, dann entfernte sich das Gefährt mit aufheulendem Motor.

Danach wurde es gespenstisch still. Niemand traute sich, etwas zu sagen oder sich zu bewegen, bis einer der Männer vorsichtig den Versuch unternahm, die Containertür zu öffnen. Es war wie ein Wunder: Die beiden Flügeltüren öffneten sich einen kleinen Spalt breit und ein wenig Licht drang in das Innere des Containers. In der Eile hatten die Soldaten wohl den Verschluss nicht richtig betätigt. Allerdings rührten die Türen sich dann nicht mehr. Unverzüglich eilten einige weitere Menschen herbei, um behilflich zu sein.

Ein jeder mobilisierte seine restlichen Kräfte und gemeinsam schoben und rüttelten sie an den schweren Stahltüren. Schon sehr bald aber waren alle erschöpft und nichts hatte sich an der Situation geändert. Verzweifelt konnten sie nun durch einen schmalen Spalt die Freiheit erblicken, sie aber nicht erlangen.

Nach einer kurzen Erholungspause meldete sich ein junger Mann zu Wort: „Ich glaube, mit Gewalt kommen wir hier nicht weiter. Wir müssen versuchen, mit einer Stange oder etwas Ähnlichem die Hebel oben und unten umzulegen."

„Wo sollen wir denn hier eine Stange finden?", fragte jemand pessimistisch.

„Würden ein paar dünne Arme auch reichen?", mischte sich eine junge Frau ein.

Eine Antwort wartete sie gar nicht erst ab: Schon schlängelte sie ihre dünnen Arme durch den Spalt, um nach dem Hebel an der Außenseite zu suchen. Nach einigen Anstrengungen schaffte sie das Undenkbare tatsächlich und der Hebel war geöffnet. Aber die Tür konnte noch immer nicht ausreichend weit geöffnet werden, da der obere Hebel den Weg noch nicht frei gab. Das war nun allerdings keine große Hürde mehr: Mit einer sogenannten Räuberleiter konnte das Problem behoben werden.

Als sich die beiden großen Türen quietschend öffneten, offenbarte sich der kleinen Gruppe die unendliche Weite der Wüstenlandschaft. Einige wollten unmittelbar aus ihrem vermeintlichen Gefängnis stürmen, aber Addae hielt sie zurück.

„Halt!", rief er und hielt dabei den einen oder anderen an der Kleidung fest. „Wir müssen vorsichtig sein. Wer weiß, was uns dort draußen erwartet? Vielleicht wartet einer der Soldaten dort, um uns wie Vieh abzuknallen."

Vorsichtig pirschten sich zwei mutige junge Männer an den Rand der Containeröffnung und sondierten das Umfeld. Nach einigen Blicken in alle Richtungen hielt es aber niemand länger in dem gruseligen Loch aus. Einer nach dem anderen sprangen sie heraus und nun wurde erst deutlich, wie wenige Teilnehmer dieser Reise ins Ungewisse überlebt haben – und dieser Trip war noch nicht zu Ende. Jeder zeigte sein Entsetzen unterschiedlich, aber keiner blieb in dieser Situation ohne Reaktion.

„…, sieben, acht, neun!", zählte Addae zuerst leise und dann immer lauter durch. Die Tour begann mit ungefähr achtzig Menschen – lediglich diese kleine Gruppe von nur neun Überlebenden war übriggeblieben. Dies war das Ergebnis einer unmenschlichen Gleichgültigkeit und Gier.

Alle mussten sie dieses Drama erst einmal verarbeiten, jeder auf seine Weise. Eine Frau brach in Tränen aus, ein junger Mann kniete sich auf den Boden und schaute nachdenklich auf den Wüstensand.

Endlich unterbrach einer von ihnen die Stille: „Wir müssen nachschauen, ob noch jemand überlebt hat!"

Niemand reagierte darauf. Ein jeder hoffte, dass sich jemand anderes freiwillig melden würde, um in diesen Stahlklotz des Grauens zurückzukehren. Als sich niemand erbarmte, meldete sich Addae.

„Komm! Lass uns hineingehen", forderte er den jungen Mann auf und bewegte sich dabei in Richtung Trailer. Im nächsten Moment verschwanden beide in der Tiefe des Containers. Für einige Minuten war kaum etwas zu hören, bis Addae sich wieder bemerkbar machte.

„Hier! Die junge Frau lebt! Hilf mir mal!", forderte er seinen Begleiter auf. Gemeinsam trugen sie den schwachen und fast leblosen Körper zur Öffnung, wo die junge Frau vorsichtig von anderen übernommen wurde.

„Schnell!", forderte jemand, „wir brauchen Wasser!"

Zwei aus der Gruppe liefen zur Zugmaschine und suchten im Inneren nach dem wertvollen Nass. Sie wurden fündig – Ein großer Kanister, den sie kaum anheben konnten, stand im Fußraum. Der Inhalt reichte aus, um bei allen das Flüssigkeitsdefizit auszugleichen und bei der jungen Frau kehrten allmählich die Lebensgeister zurück. Sie war aber auch die einzige Überlebende unter denen, die im Container geblieben waren – für die anderen kam jede Hilfe zu spät.

„Kommt! Lass uns mal schauen, was wir noch so in dem Führerhaus finden", regte einer aus der Gruppe an.

Addae unterhielt sich auf dem Weg dorthin mit dem jungen Mann, mit dem er kurz zuvor im Container nach Überlebenden gesucht hatte.

„Ich heiße übrigens Addae", stellte er sich vor und reichte ihm die Hand.

„Karabo" kam knapp zurück.

Die ersten befanden sich bereits in dem Führerhaus der Zugmaschine und durchwühlten jeden kleinsten Winkel nach etwas Ess- oder Trinkbarem. Die Suche blieb nicht erfolglos – sie fanden einen weiteren

Wasserkanister sowie Obst und Brot. Das war ein Festmahl – jeder konnte erst einmal seinen Hunger stillen.

„Schaut mal her!", rief Addae erstaunt und wedelte mit einem Fahrzeugschlüssel umher. „Der steckte noch im Zündschloss. Was das wohl wieder zu bedeuten hat?"

„Nun sei doch nicht gleich wieder so pessimistisch", munterte ihn Karabo auf. Wir sollten es als Glück sehen und unseren Weg fortsetzen, so dass wenigstens dieser kleine Haufen sein Ziel erreicht. Das sind wir, glaube ich, den Toten im Container schuldig. Sie hätten es sicher so gewollt."

Der Rest der Gruppe stimmte dem zu.

„Was passiert mit dem Anhänger?", fragte jemand.

„Den lassen wir hier!", antwortete ein anderer spontan.

„Das können wir doch nicht machen!", sagte ein Dritter.

„Ich schätze, uns bleibt nichts anderes übrig", erklärt Karabo, „denn der würde uns mit den Leichen nur belasten und uns wohl auch Schwierigkeiten bereiten."

„Recht hast du – aber schau mal nach oben", war Addaes Gegenargument.

Alle schauten auf das Dach des Containers. Dort lagen Schlauchboote, die wohl für die Überquerung des Meeres gedacht waren. Die kleine Gruppe legte geschlossen eine kleine Denkpause ein.

„Ich muss aber dem jungen Mann Recht geben", beendete ein älterer Mann das Schweigen und zeigte dabei auf Karabo. „Der Anhänger mit den Toten könnte für Probleme sorgen. Ich finde es zwar moralisch auch nicht besonders ehrenhaft, die Verstorbenen so zurückzulassen, aber uns bleibt keine andere Wahl. Aber wie wollen wir die Boote transportieren?"

„Hiermit!", rief Addae.

Er hielt ein paar Spanngurte in der Hand, die ihm aus einer Staukiste entgegenfielen. Mit vereinten Kräften und unendlich vielen unterschiedlichen klugen Ratschlägen aus der Gruppe gelang es ihnen, den Trailer abzukoppeln. Einige kletterten auf den Container und lösten die Schlauchboote.

Dann geriet das Unternehmen auf einmal ein wenig ins Stocken. „Wer kann denn überhaupt dieses Gefährt fahren?", fragte jemand und alle schauten ratlos in die Runde.

Zunächst traute sich niemand zu Wort, bis dann Addae einen Vorstoß wagte: „Ich will es mal probieren! Während der ersten Etappe meiner Reise konnte ich meinem guten Freund Badu ein wenig auf die Finger schauen. Leider wurde er getötet. Falls ich es schaffe, würde ich ihm damit alle Ehre machen."

Selbstbewusst setzt sich der junge Mann in das Führerhaus und startete den Motor. Das Gefährt machte zuerst einen riesen Satz nach vorn und dann verstummte der Motor unmittelbar.

„Du musst auch erst einmal die Kupplung durchtreten!", meinte Karabo.

Addae unternahm einen neuen Versuch und dieses Mal klappte es ein wenig reibungsloser. Nachdem er die Zugmaschine in eine günstige Position gebracht hatte, luden sie gemeinsam die Boote auf die LKW-Auflage und zurrten sie fest. Zwar würde diese Ladetechnik keiner Kontrolle auf dem europäischen Kontinent standhalten, aber das interessierte hier niemanden. Auf den afrikanischen Straßen gab es sicherlich noch abenteuerlichere Konstruktionen.

Der Container wurde verschlossen und für die Verstorbenen wurde noch ein Moment lang innegehalten, so dass jeder für sich Abschied nehmen konnte. Auch Addae vergoss noch einmal ein paar Tränen für Jemila.

Dann sollte die Fahrt endlich losgehen – die letzte Etappe in Richtung Meer. Die kleine Gruppe von nur noch zehn Überlebenden drängte sich in das Führerhaus der Zugmaschine. Einige saßen gedrängt auf den Sitzen, so dass Addae kaum noch Platz hatte, und der Rest fand in der Schlafkoje Platz. Da saßen oder hockten sie nun und warteten auf die Abfahrt, bis jemand die entscheidende Frage stellte: „Wo soll es denn eigentlich hingehen?"

Alle schauten sich fragend an und niemand wusste so recht darauf zu antworten, bis Karabo auf ein Gerät an der Windschutzscheibe deutete. „Das sieht aus wie ein Navigationsgerät. Ich habe so etwas schon mal gesehen."

Er beugte sich vornüber und nahm das Gerät in die Hand, um mit seinem Zeigefinger auf dem kleinen Bildschirm herumzutippen. Wie von Zauberhand tat sich auch etwas auf dem Bildschirm. Ein erstauntes Raunen ging durch den Rest der Gruppe, als wäre Karabo ein Zauberer.

„Hier!", rief er erfreut und zeigte auf einen kleinen Punkt auf dem Touchscreen, „das ist unser Ziel - Tanger. Da müssen wir hin und diese kleine Zauberkiste zeigt uns den Weg."

Plötzlich sprach sogar eine weibliche Stimme aus der kleinen Kiste zu ihnen und wies den Fahrer an, in welche Richtung er fahren müsse.

„Auf gen Norden!", rief Addae erleichtert und startete erneut den Motor. Zunächst etwas holperig, dann aber immer souveräner steuerte er stolz das Gefährt über den Wüstensand. Nach einigen Kilometern zeichnete sich im Sand immer deutlicher eine Piste ab, die noch später dann zu einer richtigen asphaltierten Straße wurde.

„Immer geradeaus!", instruierte Karabo den Fahrer. „Laut der Frau im Gerät dürften es nur fünfzig Kilometer sein."

Erwartungsvoll starrten alle mit leuchtenden Augen auf das kleine Gerät, aus dem die freundliche weibliche Stimme Anweisungen gab. Allerdings wurde die gemeinschaftliche Euphorie ein wenig getrübt, als sie in einiger Entfernung Soldaten am Straßenrand stehen sahen, die eine Kontrolle durchführten.

„Macht mal den Vorhang zur Koje dicht!", forderte Addae, „wir müssen ihnen ja nicht unnötig Anlass für eine Überprüfung geben."

Langsam näherte sich der LKW mit den paar sichtbaren Insassen dem Posten. Die Soldaten schauten kurz in das Innere des Führerhauses und ließen das Gefährt dann ohne weiteres passieren. Offensichtlich hatten die Soldaten keine Lust auf Arbeit. Erleichterung machte sich in der Gruppe breit.

„Puh!", pustete Karabo, „man muss auch mal Glück haben."

Die Reise in Richtung Mittelmeer ging ohne Probleme weiter. Zwar schlug das Wetter um und kräftiger Regen prasselte nieder, so dass die kaum noch vorhandenen Scheibenwischer ihre Arbeit nur mit Mühe bewältigen konnten, aber die kleine Reisegruppe erreichte dennoch schon sehr bald den vom Navigationsgerät ausgewählten Zielpunkt. Schon aus einiger Entfernung waren trotz dichtem Regen das Meer und der Küstenstreifen zu erkennen.

Das war aber nicht das einzige, was Addae und seinen Mitreisenden auffiel. Am Ziel stand schon ein weiterer LKW mit einem Container, aus dem gerade eine andere kleine Gruppe ausstieg. Auch von ihnen hatte gerade einmal eine Handvoll überlebt. Addae erkannte eine deutliche Ähnlichkeit zu ihrem Reisegefährt. Wütend stieg er aus und weitere aus der Gruppe waren nun ebenfalls nicht mehr zu halten. Zielstrebig gingen sie auf den vermeintlichen Fahrer zu, der gerade die Containerflügel geöffnet hatte. Er begriff zuerst gar nicht, was da auf ihn zukam und war gar nicht imstande, zu reagieren.

„Du Schwein!", schrie Addae ihn an und packte ihn am Kragen, „kannst du eigentlich nachts noch ruhig schlafen bei so vielen Leben, die du auf dem Gewissen hast?"

Sein Gefolge war weniger zurückhaltend: Einer schlug sofort zu und traf den Fahrer so zentral ins Gesicht, dass dieser unvermittelt zu Boden ging. Einige traten sogleich mit Füßen auf die hilflose Person ein. Das war für Addae dann doch zu viel.

„Halt! Halt!", rief er der aufgebrachten Meute zu und stellte sich schützend vor den Mann. „Hört auf! Wir sind doch keine Mörder! Wir stellen uns nicht auf eine Stufe mit dieser Sorte Menschen – lasst uns lieber den anderen helfen!"

Die wütende Gruppe ließ sich gerade noch beruhigen und half dann wie selbstverständlich den Leuten aus dem anderen LKW. Nur einer konnte sich nicht zurückhalten und ging auf den im Sand liegenden Fahrer zu, um ihn weiterhin mit Fäusten zu bearbeiten. Karabo und Addae versuchten, auch diesen Unbelehrbaren zurückzuhalten.

„Was soll das?", schrien sie den Schläger an.

Dieser gab sich unverständig: „Wer seid ihr denn, mich belehren zu wollen?", fragte er aufgebracht. „Dieses Arschloch hat doch nichts anderes verdient! Seid ihr hier jetzt auf einmal die Oberlehrer, die mir Vorschriften machen wollen?"

Der junge Mann konnte kaum in Zaum gehalten werden und spuckte Karabo sogar ins Gesicht. Mit hasserfüllten Blicken taxierte er ihn und Addae. Es half nichts – mit vereinten Kräften brachten sie diesen wütenden Menschen zu Boden und versuchten, ihn dort einigermaßen zu beruhigen.

„Mensch! Nun beruhige dich doch mal!", sagte Karabo, dem sein Zorn nun ebenfalls anzumerken war. „Was ist denn in dich gefahren? Keiner will dir was Böses und wir müssen uns von dir auch nicht anspucken lassen!"

„Wie heißt du eigentlich?", wollte Addae von ihm wissen.

„Das geht dich gar nichts an! Und jetzt lass mich endlich los! Zu zweit seid ihr stark, was? Aber alleine würde ich euch fertig machen!" Die Wut des jungen Mannes schien kein Ende zu nehmen.

Mittlerweile waren einige aus der anderen Gruppe auf diese wilde Auseinandersetzung aufmerksam geworden und zwei von ihnen kamen dazu.

„Was ist denn hier los?", fragte einer.

Addae schaute auf und sah einen alten Bekannten. „Naasih, mein alter Freund!", begrüßte er ihn überschwänglich.

Gerade wollte er seinen alten Begleiter freundschaftlich umarmen, als er bemerkte, dass sich die renitente Person wieder erheben wollte. Schnell drückte er den Mann wieder auf den Boden.

„Vorsicht!", kam von Naasih, „halte ihn lieber weiterhin fest."

Dann beugte er sich ihm herunter und packte seine Haare. „Pass mal auf, mein Guter!", sagte er leise, aber deutlich. „Ich weiß zwar nicht genau, was vorgefallen ist, aber wenn du dich nicht beruhigst, dann sperren wir dich zusammen mit den ganzen Leichen in den Container und du bleibst hier. Dann kannst dort drin verrecken. Haben wir uns verstanden?"

„So, wir lassen dich jetzt langsam los und du verhältst dich ruhig", wies Karabo ihn an.

Kaum wurde der Griff gelockert, da befreite sich der Mann und sprang auf. Er bedachte seine vermeintlichen Peiniger mit einem bösen Blick, entfernte sich dann aber ohne weitere Worte in Richtung Container.

„Ich glaube, auf den müssen wir noch ein wenig aufpassen", meinte Naasih.

Dann ließ aber eine herzliche Umarmung zwischen ihm und Addae nicht länger auf sich warten.

„Meine Güte! Ich hätte nicht für möglich gehalten, dass wir uns noch einmal begegnen!" Addae hatte Tränen in den Augen.

Karabo wurde ebenfalls brüderlich begrüßt und vorgestellt, aber dann wurden die drei wieder ernst. Naasihs Reisegruppe war sogar bis auf lediglich sechs Überlebende zusammengeschrumpft, berichtete er.

„Was machen wir denn jetzt mit diesem armen Trottel von Fahrer?", fragte einer aus der Gruppe.

„Na, was schon?", antwortete Naasih, „wir lassen ihn hier liegen, der erholt sich schon wieder. Wir müssen uns jetzt um unsere Seereise kümmern und das wird kein Zuckerschlecken!"

„Wo müssen wir denn überhaupt hin?", wollte Addae wissen und schaute angestrengt über das Meer.

„Dort rüber!", kam von einem älteren Mann. Er zeigte mit dem Finger in Richtung Gibraltar. Konzentriert schauten einige über das Meer, aber aufgrund des starken Regens und der beginnenden Dämmerung war der Felsen kaum zu erkennen.

„Dort sollten wir allerdings möglichst nicht landen", fügte Naasih hinzu. „Bevor der Fahrer niedergeschlagen wurde, konnte er uns noch mitteilen, dass wir möglichst rechts an dem Felsen vorbeinavigieren sollen, um auf spanischem Boden anzulanden. Wobei mit starker Strömung zu rechnen sein soll."

„Na, mal sehen, wie weit unsere seemännischen Fähigkeiten reichen", sagte Addae zweifelnd.

Kaum hatte er seinen Satz beendet, tauchten am Horizont einige Scheinwerfer auf, die nichts Gutes bedeuten sollten.

„Beeilt euch! Wir müssen jetzt schnell die Boote zu Wasser lassen und uns auf den Weg machen!", trieb Naasih alle an.

Nun kamen plötzlich reichlich Hektik und Panik auf. Einige stolperten über ihre eigenen Füße, andere rannten völlig orientierungslos umher. Sie wurden von anderen aus der Gruppe bei der Hand genommen und in irgendein Boot gezerrt. Vieles blieb bei diesem etwas überstürzten Aufbruch am Ufer zurück. So mancher hatte nun nur noch sich selbst und das, was er gerade an Kleidung trug.

Kaum hatte sich die kleine Schlauchbootflotte einige Meter vom Strand entfernt, erreichten die Soldaten mit ihren LKW den Uferabschnitt. Zügig wurde abgesessen und sie rannten den Booten hinterher. Das letzte Boot war noch in Reichweite von ihnen und einige konnten aus dem kleinem Wassergefährt gerissen werden, obwohl alle Insassen mit letzter Kraft sie festhielten. Aber sie glitten ihnen regelrecht durch die Finger.

Gerade hatten die Boote den Schutz des Ufers verlassen, wurden die Wellen bald höher. Allerdings spielten ihnen das Wetter und die unruhige See in die Hände: Durch die bewegte See und den Starken Regen verloren die Soldaten die Flüchtlinge bald aus den Augen.

„Los legt euch mit mir ins Zeug!" feuerte Addae seine Bootsmannschaft an, „es geht um unser Leben."

Aber es dauerte nicht lange und es kam ein neues Problem auf die kleine Gruppe zu – eines der Boote hatte Leck geschlagen. Bei dem überstürzten Aufbruch muss ein scharfkantiger Stein die Haut des Schlauchboots aufgerissen haben. In rasender Geschwindigkeit entwich nun die notwendige Luft.

„Addae! Addae!", schrie Naasih verzweifelt, „kommt hier zu uns rüber! Unser Boot sinkt!"

Zunächst gab es aus der Richtung, in die Naasih rief, keine Reaktion und die kleine Gruppe in Seenot, geriet bald in arge Bedrängnis.

„Los, wir müssen alle zusammen um Hilfe rufen!", forderte der selbst ernannte Bootsführer seine Begleiter auf.

„Hilfe!!", riefen alle gemeinsam.

„Noch einmal!", feuerte Naasih seine Truppe an.

„Hilfe!! Hilfe!!", wiederholten alle im Chor.

„Wir sind hier!", ertönte aus dem Nichts plötzlich eine bekannte Stimme. „Los, Tempo! Die anderen brauchen Hilfe!"

Bald waren Rudergeräusche zu hören und dann erkannte die in Seenot geratene Gruppe das rettende Boot. Als Addae mit seiner Mannschaft das sinkende Boot erreichte, war es schon höchste Zeit: die Luft war mittlerweile vollständig aus den Kammern entwichen und die Insassen mussten bereits schwimmen, um sich über Wasser zu halten.

„Los! Wir ziehen euch rein!", forderte Karabo die verzweifelten Schiffbrüchigen auf.

Schnell waren alle gerettet. Zwar wurde es auf dem kleinen Rettungsboot nun sehr eng, aber die völlig durchnässten Geretteten empfanden in ihrer Erleichterung eine erwärmende Atmosphäre der Geborgenheit.

„Das war Rettung in letzter Sekunde!", bekundete Naasih erschöpft.

„Du bist ja verletzt!", stellte Addae fest.

„Wo denn?"

„Dort am Arm", erläuterte sein Freund und zeigte auf eine blutende Wunde.

„Ach! Nur ein kleiner Kratzer", spielte Naasih die Sache herunter und wies dann niedergeschlagen auf einen anderen Umstand hin: „Viel schlimmer ist, dass wir drei weitere Verluste haben. Bald wird von unserer Reisegruppe nichts mehr übrig sein."

Niemand wollte zu diesem Thema etwas sagen. Alle schwiegen bedrückt und zugleich war jeder froh, die Reise bis zu diesem Punkt überstanden zu haben. Bei einigen machten sich aber auch Schuldgefühle breit, weil sie ihre Begleiter nicht hatten beschützen können – so auch bei Addae, der nun an Jemila dachte.

Zu allem Überfluss brach Naasih nun das Schweigen und sprach genau diesen empfindlichen Punkt an: „Wo ist eigentlich Jemila? Ich hatte noch gar keine Gelegenheit, nach ihr zu fragen."

„Sie ist tot", antwortete Addae leise und war den Tränen nahe.

„Wie ist das passiert?", bohrte der Freund weiter.

„Frag' bitte nicht weiter! Ich werde es dir beizeiten erklären. Für den Moment haben wir erst einmal andere Sorgen."

*

Addaes Schilderung wurde durch das Klingeln von Kurts Handy jäh unterbrochen. Der Zuhörer hätte Zeit und Raum um sich herum vergessen, denn die dramatischen Ereignisse waren für ihn spannender, als jeder seiner bislang ermittelten Fälle. Dennoch musste der Beamte seinen Besuch nun abrupt abbrechen.

„Tut mir leid, aber es gibt einen entscheidenden Durchbruch in dem Fall", teilte er seinem Gegenüber kurz mit und verließ dann hektisch das Krankenhaus.

Mit seinem Roller wollte Kurt gerade den Parkplatz verlassen, als ein alter Bekannter seinen Weg wieder einmal sehr knapp kreuzte – wobei allerdings unklar blieb, ob es tatsächlich ein und dasselbe Tier war. Ein Eichhörnchen lief genau vor seinen Roller und der ansonsten schon recht versierte Rollerfahrer bremste instinktiv scharf ab, was sich mit den kleinen Rädern als fataler Fehler erwies. Das Vorderrad stellte sich quer und Bernhard rutschte mit seinem Zweirad auf die Seite, um dann einige Meter weiter zum Liegen zu kommen. Glücklicherweise trug er die notwendige Schutzkleidung, so dass größere Verletzungen ausblieben. Aber ein paar leichtere Schürfwunden und deutliche Kratzer am Motorroller hatten sich nicht vermeiden lassen. Das freche Eichhörnchen schaute sich die Szenerie aus sicherer Entfernung an und verschwand dann auf einem Baum.

„So ein Mist! Mensch, du verdammtes Vieh!" schimpfte der Verunglückte. Zwar wusste er genau, dass der Fehler letztendlich bei ihm selbst lag, aber das ärgerte ihn nur umso mehr. Vom Klinikpersonal eilten einige Helfer herbei und kümmerten sich um den Verletzten, aber Kurt winkte ab, denn als Biker machte er sich eher Sorgen um sein Gefährt als um seine Verletzungen. Nach einer kurzen Versorgung in der Ambulanz verließ der Polizist erhobenen Hauptes das Krankenhaus und fuhr mit seinem Roller sofort zur Dienststelle, wo er bereits ungeduldig erwartet wurde.

„Was ist passiert? Wo warst du denn so lange?" wollte Herbert wissen.

"Später Näheres", *war die genervte Antwort, "erzähl mir lieber etwas zur Entwicklung des Falls!"*

"Also die Soko hat zwei Festnahmen nach Straßenraub und es sind junge Ghanaer. Einer von denen könnte unser gesuchter Naasih sein. Alles, was möglich ist, wird gerade durchgeführt – Angefangen mit Fotos, über Fingerabdrücke und; und; und."

"Alles klar! Wo finde ich die beiden Kandidaten?"

"Na, wo schon? Zelle1 bis 2 im Zellentrakt."

"Ich will mir die mal anschauen. Kommst du mit?"

Zielstrebig suchten die beiden Ermittler die Zellen der Wache auf und nahmen die Afrikaner dort einen nach dem anderen in Augenschein.

"Do you speak English or German?" fragte Bernhard herausfordernd. Allerdings machte er sich da offenbar zu viel Hoffnung, denn von keinem der beiden erhielt er auch nur eine Antwort.

"Na, das hätte ich dir auch gleich sagen können", kam ein wenig arrogant von Herbert.

"Nun gut! Dann warten wir eben erst einmal die Ergebnisse der Daktyloskopie ab", gab Kurt trocken zu verstehen.

Auf dem Weg zurück ins Büro fragte sein Partner erneut nach dem Grund für dessen verspätetes Erscheinen an der Dienststelle.

„Du fragst immer so viel", maulte Kurt missmutig. „Aber wenn du es unbedingt wissen willst: Ich bin wegen eines dämlichen Eichhörnchens mit dem Roller gestürzt."

„Ach du liebe Güte! Und hast du dich verletzt?" wollte Herbert wissen.

„Nein, nur ein paar Kratzer an mir und dem Roller – aber halt bloß die Klappe gegenüber Elsa! Wenn die davon erfährt, ist es vorbei mit der Rollerfahrerei. Hast du kapiert?" Kurt wurde dabei sogar ein wenig laut und nahm eine beinahe drohende Haltung ein.

Bei dem nächsten Besuch im Krankenhaus fragte Addae den Oberkommissar sofort nach dem angekündigten Durchbruch. Es war das erste Mal, dass er überhaupt Interesse an den Ermittlungen zeigte. Aber der Kripobeamte hielt sich bewusst bedeckt und sparte mit Informationen, da er sich nicht sicher war, ob der junge Mann zu der Gruppe oder einzelnen Mitgliedern davon eventuell noch Kontakt haben könnte. Umso gespannter war er aber seinerseits nun darauf, auch den Rest des Abenteuers zu hören.

*

Nur langsam und beschwerlich kämpfte sich das Schlauchboot mit Muskelkraft angetrieben den Weg durch die Wogen des Mittelmeers. Wie ein Spielball wurden sie vom Wasser hin und her geworfen und kaum hatte die unerfahrene Seemannschaft das instabile Wassergefährt nach einer meterhohen Welle wieder unter Kontrolle, peitschte die nächste Woge über sie hinweg.

Glücklicherweise blieb ihnen zur Orientierung das Lichtermeer von Gibraltar, bei dessen Anblick ihnen allerdings noch eine weitere Kraft bewusst wurde, die ihnen das Leben schwer machte – der Sog der Strömung. Immer wieder kam das kleine Boot vom Kurs ab und die geringe Muskelkraft an den Rudern reichte kaum aus, um dagegenzuhalten und den Kurs zu korrigieren.

Stunde um Stunde kämpfte sich die kleine Gruppe über die Meerenge zwischen Afrika und Europa. Zwischenzeitlich wurden die Ruderer immer wieder ausgetauscht, was bei dem instabilen Boot und der unruhigen See stets ein abenteuerliches Unterfangen war. Dennoch mussten die Kräfte eingeteilt werden, denn niemand wusste, wie lange diese Seereise dauern sollte.

Es war schwierig, abzuschätzen, wie lange sie sich mittlerweile auf der offenen und viel befahrenen Wasserstraße abkämpften, aber endlich zeigte sich ein kleiner Lichtblick am Himmel – die Morgenröte kroch langsam über den östlichen Horizont. Dieses beinahe romantische Licht erfüllte die Herzen der kleinen Seemannschaft mit Hoffnung. Die Pastellfarben vermischten sich bald mit den aufsteigenden Nebelschwaden über dem Meer. Was zunächst der Kulisse eines Liebesromans glich, sollte sich für die Reisenden aber bald als unberechenbare Tücke erweisen, denn nun verloren sie die Orientierung: Bald wusste niemand mehr so recht, in welcher Richtung Gibraltar lag.

Plötzlich näherte sich unaufhaltsam und immer lauter ein stampfendes Geräusch. Es war, als würde aus dem Nichts heraus ein Ungeheuer auf das kleine Boot zustürmen.

„Was ist das?", fragte jemand ängstlich.

„Mir schwant nichts Gutes!", befürchtete Naasih, „macht euch auf das Schlimmste gefasst!"

Kaum hatte er seine Bedenken ausgesprochen, tauchte direkt vor ihnen aus dem Nebel ein riesiger Frachter auf, der genau auf sie zu hielt.

„Los! Los!", schrie Addae seine Ruderer an, „wir müssen hier weg! Der macht uns sonst platt!"

Jeder, der nur irgendwie unterstützen konnte, warf sich mit in die Riemen und in allerletzter Sekunde konnte das Schlauchboot aus der Fahrtrichtung des Ozeanriesen herausmanövriert werden. Wie eine unüberschaubare Mauer schob sich das Schiff in einem Abstand von nur wenigen Metern an ihnen vorbei. Mit großen Augen und wie gelähmt beobachtete die kleine Mannschaft die Szenerie.

Viel Zeit zur Erholung blieb ihnen aber nicht: Kaum war das Heck des Frachters an ihnen vorübergezogen, entstanden unberechenbare Strömungen und Wellen, die sie in arge Bedrängnis brachten.

„Haltet euch aneinander fest!", rief Addae den anderen zu.

Das war leichter gesagt, als getan, denn das instabile Wasserfahrzeug wurde nun hin und her geschleudert wie ein Ball. Jeder achtete auf sich und seinen Nachbarn und mit großer Mühe konnten alle sich an Bord halten. Dann aber fuhr plötzlich ein großer Ruck durch das Boot und eines der Ruder ging über Bord. Es war ein Wunder, dass niemand dadurch verletzt wurde.

„Haltet es fest!", schrie Naasih.

Aber es war schon zu spät: Durch die Strudel war das wichtige Gerät sofort unter Wasser gezogen worden und tauchte erst viele Meter weiter unerreichbar wieder auf.

„Das ist ein Drama", bemerkte Addae zornig, „so sind wir nur noch Spielzeug für die Wellen. Wir sind völlig manövrierunfähig!"

Das Wasser hatte sich ein wenig beruhigt und das Boot geriet in etwas ruhigeres Fahrwasser, aber die Stimmung an Bord war auf einem Tiefpunkt angelangt. Niemand wusste, ob sie ihr so ersehntes Ziel jemals erreichen würden.

„Was soll denn noch alles passieren?!", schrie Karabo heraus und stieß dabei wütend seine Faust in Richtung Himmel. Es war, als wolle er seinem Gott die unendliche Enttäuschung zeigen.

Mittlerweile hatte sich die Sonne am Horizont hochgearbeitet und war nun als feuerroter Ball vollständig sichtbar. Langsam veränderte sich ihre Farbe bis hin zu gleißend weiß und es wurde stetig wärmer. Dadurch lichtete sich auch allmählich der dichte Nebel über dem Wasser.

Naasih stand auf und machte sich lang, als wolle er über das Nebelfeld herausragen, um sich zu orientieren. Seine Mühe lohnte sich und er forderte Addae auf, seinem Beispiel zu folgen.

„Schau mal, wie weit wir schon sind!"

„Du hast gut reden. Ein paar Zentimeter fehlen mir da schon noch."

Es sollte aber nicht mehr lange dauern, bis sich ihm und dem Rest der Mannschaft ein Bild auftat, das allen ein kleines Lächeln ins Gesicht zauberte und ihnen wieder Mut machte – Nun war schon deutlich die Küste zu sehen.

Ein entscheidendes Problem sollte allerdings bleiben: Sie hatten nur noch ein Ruder. In diesem Zustand glich der Rest der Reise beinahe einer Lotterie.

„Wir müssen uns etwas einfallen lassen!", forderte Naasih.

„Ich hätte da eine Idee", trug Karabo mit glänzenden Augen vor. „Vor einiger Zeit habe ich in einer Zeitung Bilder von Booten gesehen, die mit nur einem Ruder bewegt wurden."

Kaum war der Satz beendet, fing er auch schon an, am Heck des Schlauchbootes herumzubasteln. Er befestigte dort den einzelnen Riemen und begann dann umgehend mit einer wechselweisen Bewegung nach rechts und links – alle starrten ihn und seine neue Erfindung gespannt an. Zunächst passierte nur sehr wenig, aber dann setzte sich das kleine Wassergefährt in Bewegung. Es war zwar eine sehr langsame und mühselige Fortbewegungsform, aber es klappte. Wiederum wurde abwechselnd an dem Ruder gearbeitet und jeder musste sich zuerst einmal mit dieser neuen Technik auseinandersetzen.

Mit jedem Ruderschlag näherte sich die kleine Gemeinschaft der Küste Europas. Die Blicke schweiften sehnsuchtsvoll dem Festland entgegen. Ein jeder hegte seine eigenen Hoffnungen für ein Leben in der neuen Welt. Vieles hatte man darüber gehört, das reichlich Platz für erwartungsvolle Träume bot. Die Möglichkeiten für Arbeit sollten hier beinahe unbegrenzt sein und ein gutes Zuhause sowie vor allen Dingen Freiheit und Frieden geradezu selbstverständlich.

Aber es gab auch Ängste und Bedenken – wie sollte das Leben in der Fremde mit unverständlichen Sprachen und anderen Kulturen aussehen? Würden sie so akzeptiert werden, wie sie waren? Viele Fragen und auch Zweifel kamen auf, aber viel Zeit zum Sinnieren blieb ihnen nicht.

Bald wurde die See reichlich unruhig. Die Wellen wurden höher und auch unberechenbarer, während das Boot durch Strömungen und Wind nun viel unkontrollierbarer in alle Richtungen geschleudert wurde. Mit ihrem einzelnen Ruder hatten die Bootsführer bald keinerlei Einfluss mehr auf den

Kurs und obwohl schließlich drei Männer gleichzeitig an dem einzelnen Riemen hingen, konnten sie sich der Naturgewalt nicht mehr entgegenstemmen. Die felsige Küste kam bedrohlich näher und das zerklüftete Ufer bot reichlich Gelegenheiten zur Havarie.

Wie ein Mahnmal tauchte vor ihnen am Ufer plötzlich das zerbrochene Wrack eines riesigen Frachters auf. Wie im Zeitlupentempo zog die kleine Gruppe in ihrem Schlauchboot an dieser bizarren Szenerie vorbei. Nur wenige Meter trennten sie von einer ähnlichen Katastrophe.

Niemand sprach ein Wort. Diejenigen am Ruder brauchten alle Kräfte für die Rettung des Bootes und der Rest von ihnen war derart geschockt, dass es ihnen die Sprache verschlug. Langsam entfernte sich das kleine Boot von dem Unfallort und die Strömung drängte es nun unaufhaltsam in Richtung der Steilküste. Langsam wurde allen klar, dass sich eine Kollision mit den Felsen kaum noch verhindern ließ.

„Haltet euch so lange es geht am Boot fest!", schrie Naasih, „es ist die einzige Möglichkeit, die Wucht des Aufpralls aufzufangen! Mehr kann ich euch nicht sagen. Danach ist dann jeder auf sich selbst gestellt!"

Einige begannen vor Verzweiflung, zu beten und andere schienen sich dem Schicksal zu fügen. Dann ging alles sehr schnell – eine heftige Welle wirbelte das kleine Boot wie ein Spielzeug gegen die Felswand, seine Insassen wurden abrupt herausgeschleudert und keiner von ihnen konnte Naasihs Ratschlag folgen, auch er selbst nicht. Schon kurz nach dem Aufprall gab es dann einfach nichts mehr zum Festhalten, da das Schlauchboot unmittelbar zerfetzt worden war und sich in Nichts aufgelöst hatte. Niemand wusste etwas von den anderen, da ein jeder mit seinem eigenen Überlebenskampf beschäftigt war.

Auch Addae kämpfte bis zum Letzten um sein Leben. Immer wieder brachen Wellen über ihn herein und drückten seinen Körper unter Wasser, wobei er immer wieder Salzwasser schluckte. Kaum hatte er sich dann wieder an die Oberfläche gekämpft und Luft geholt, überrollte ihn die nächste meterhohe Woge und das Spiel ging von vorne los. Dieses Martyrium dauerte einige Zeit an – wie lange, wusste er nicht. Irgendwann verlor er sein Bewusstsein und trieb regungslos an der Wasseroberfläche in eine einsame Bucht, wo der scheinbar leblose Körper an den Strand gespült wurde. Dort blieb Addae für einige Stunden unbemerkt liegen.

Naasih konnte diesen Kampf gegen Wellen und Strömung aus eigener Kraft gewinnen und erreichte unbeschadet das rettende Ufer. Nach einiger Zeit kam er wieder zu Kräften und fing an, nach weiteren Überlebenden seiner Bootsbesatzung zu suchen. Er war froh, nach so langer Zeit auf See wieder festen Boden unter den Füßen zu haben. Noch etwas unbeholfen und wackelig auf den Beinen, stapfte der junge Mann durch den Sand. Naasih hatte dabei das Gefühl, noch immer auf dem offenen Meer zu sein. Sein Gleichgewichtssinn spielte ihm einen Streich und gaukelte dem Gehirn vor, noch immer von den Wellen bewegt zu werden.

Das alles hielt ihn aber nicht davon ab, seinen Weg fortzusetzen, um Ausschau zu halten, und die Mühe sollte sich nach kurzer Zeit auch bezahlt machen – Naasih sah zunächst nur ein dunkles Etwas im Wasser, aber sehr schnell wurde ihm klar, dass es sich um einen menschlichen Körper handelte, der immer wieder von den Wellen überspült wurde.

Seine Schritte wurden immer schneller und schon bald erreichte er die bewegungslose Person – es war Addae. Von ihm ging kaum noch ein Lebenszeichen aus. Naasih zog ihn weiter den Strand herauf, damit die Wogen ihn nicht mehr erreichen konnten. Nun überprüfte er den Puls und versuchte herauszubekommen, ob noch Atmung vorhanden war. Nach einigen Versuchen konnte er von beiden Vitalfunktionen leichte Aktivitäten feststellen.

„Addae! Mensch, alter Junge! Wach auf!", waren die ersten Versuche, den Gestrandeten zu erreichen. Dabei rüttelte und schüttelte Naasih den erschlafften Körper immer wieder. Dann gab er seinem Freund rechts und links eine Backpfeife, aber noch immer rührte sich dieser nicht.

„Mensch, mach keinen Quatsch!", rief Naasih verzweifelt. „Du hast doch schon ganz andere Dinge überstanden! Du wirst doch wohl nicht jetzt, wo wir Europa erreicht haben, schlapp machen?"

Mehr und mehr kam bei ihm ein ungutes Gefühl auf. „Komm, denk nach, Mann", spornte er sich innerlich an. „Was ist jetzt wichtig?"

Immer wieder schaute Naasih sich hilfesuchend um und dann fiel es ihm auf – es hatte wohl kurz zuvor geregnet und am Strand hatten sich kleine Pfützen gebildet. Mit der flachen Hand entnahm er ein wenig vom wertvollen Nass und benetzte damit immer wieder Addaes Lippen. Zwar war keine sofortige Wirkung sichtbar, aber allmählich schien das Gesicht seines Freundes doch eine etwas rosigere Farbe anzunehmen.

Dann öffnete Addae endlich die Augen. „Was ist passiert?", war mit schwacher Stimme die erste Frage.

„Alles gut, mein Freund", antwortete Naasih, „aber das solltest du nicht zu oft mit mir veranstalten."

„Wir haben es überlebt. Wo sind die anderen?", wollte Addae wissen, während er immer wieder hustete und nach Luft rang.

„Bislang bin ich erst einmal froh, dich gefunden zu haben. Jetzt komm zunächst zu Kräften und dann sehen wir weiter."

„Nein, wir müssen nach weiteren Überlebenden suchen!", forderte der junge Mann, der eben noch selbst mit dem Tode gekämpft hatte.

Entschlossen, wenn auch schwach und schwankend stand Addae auf und machte sich auf die Suche. Naasih kam ihm bald kaum noch hinterher. Stundenlang suchten sie sowohl in südlicher als auch in nördlicher Richtung den Strand ab. Doch es war vergeblich: Sie fanden noch nicht einmal Reste des zerfetzten Schlauchboots.

Erschöpft ließen sie sich in den Sand fallen und ruhten sich eine ganze Weile lang erschöpft aus. Beide ließen ihre Blicke über das Mittelmeer schweifen. Addae war jetzt fast ein dreiviertel Jahr von zu Hause fort und nun befand er sich auf einem anderen Kontinent. Am Horizont zeichnete sich die Küste Afrikas ab. Es sah so nahe aus und war doch eine lange und schwierige Reise mit großen Verlusten gewesen.

„Das, was wir uns sehnlichst wünschen, werden wir immer irgendwann teuer bezahlen müssen, wenn es so weit ist", unterbrach Addae nach einiger Zeit andächtig die Stille, „und wir haben teuer bezahlt!"

Daraufhin klopfte er Naasih auf die Schulter und stand auf. „Komm, lass uns gehen", forderte er ihn auf.

„Wohin denn?", fragte Naasih ahnungslos und zuckte dabei mit den Schultern.

„Nach Deutschland", war die prompte Antwort, „dieses Land soll ein Schlaraffenland sein!"

„Das ist ja schön und gut, aber wo ist dieses Deutschland und wo befinden wir uns?"

„Immer in Richtung Norden und wenn es viel regnet, dann sind wir da!"

„Willst du zu Fuß dort hin oder wie soll das gehen?"

Addae hatte sich bereits auf den Weg gemacht, als hätte er einen genauen Plan. Naasih stapfte durch den Sand hinterher und forderte nochmals eine Antwort ein, die dann mit einiger Verzögerung kam:

„Nein, zu Fuß nicht, aber ich schätze, es gibt auch hier Autos und Straßen. Wenn ich es richtig interpretiere, dann stammen diese leisen Geräusche von einer großen Straße und ich glaube, richtig viele Autos zu hören."

Beide machten sich auf den Weg in Richtung der Fahrgeräusche und Addae sollte Recht behalten. Nach etwa einer halben Stunde Fußmarsch erreichten sie eine viel befahrene Autobahn.

„Ach, du meine Güte!", wunderte sich Naasih, „das sind ja richtige Fahrzeuge – und eine befestigte Straße. Bei der Geschwindigkeit können wir kaum ein Auto anhalten. Die fahren uns über den Haufen! Und nun?"

„Was ‚und nun'?", fragte Addae etwas genervt zurück. „Irgendwie müssen wir einen Rastplatz oder etwas Ähnliches finden, dort können wir eine Mitfahrgelegenheit suchen. Und vor allen Dingen brauche ich auch etwas zu essen!"

Das Glück sollte mit diesen Tüchtigen sein: Nach einem kurzen Fußmarsch entlang der Autobahn, erreichten sie einen großen Rastplatz. So etwas war ihnen völlig fremd: Es gab ein Restaurant, einen Laden und sogar eine öffentliche Toilette mit Waschmöglichkeit. Diese suchten die beiden zuerst einmal auf, um zu trinken und sich ein wenig zu waschen.

„Am besten suchen wir uns als Mitfahrgelegenheit jemanden aus, der einen flotten Flitzer hat. Dann sind wir auch schnell an unserem Ziel", war Naasihs Idee.

„Da hast du aber nicht ganz zu Ende gedacht", antwortete Addae, während er sich noch etwas Wasser ins Gesicht warf.

„Wieso?"

„Na, denk' doch mal nach! Zunächst einmal fahren größtenteils Reiche einen Sportwagen und die nehmen Typen wie uns ohnehin nicht mit. Außerdem fahren die meisten solcher Leute wahrscheinlich nur bis in die nächste Stadt und wir wollen doch weit in den Norden. Dafür sollten wir uns besser einen Lastwagen suchen. Richtig?"

„Richtig!"

Mit diesem Ziel machten sich die jungen Männer auf die Suche und waren zunächst auch ganz guter Dinge. Aber es gestaltete sich dann doch sehr schwierig, da niemand sie so richtig willkommen hieß. Alle schüttelten den Kopf und jagten sie davon, einige der Trucker fluchten dabei sogar und drohten ihnen Schläge an. Es gab zwar auch freundliche Fahrer, die ihnen etwas zu essen und zu trinken gaben, aber mitnehmen wollte sie keiner.

*

An der Kripodienststelle liefen die Vorbereitungen für die Durchsuchung des Kasernenblocks mittlerweile auf Hochtouren. Die Fingerabdrücke der beiden festgenommenen Ghanaer stimmten nicht mit denen auf den Glasscherben überein. Nun legten die Kriminalbeamten alle Hoffnung in diese Aktion. Die Staatsanwaltschaft hatte keine Bedenken, dem Durchsuchungsbeschluss zuzustimmen, allerdings musste alles genau geplant sein, damit der Täter ihnen nicht entkommen konnte. Neben einigen Kripobeamten waren auch noch reichlich uniformierte Kräfte mit an dem Einsatz beteiligt. Jede Einheit erhielt genaue Befehle über ihre Tätigkeit vor Ort und alles musste sehr schnell gehen und aufeinander abgestimmt sein.

„Wenn wir mit unserer Aktion scheitern, dann kannst du davon ausgehen, dass wir im nächsten Monat in der Innenstadt Knöllchen schreiben dürfen", prophezeite Kurt seinem Kollegen auf der Fahrt zum Einsatzort.

Alle eingesetzten Kräfte positionierten sich zuerst einmal abseits von der Kaserne in einer kleinen Straße. Dann erhielten die uniformierten Polizisten den Befehl, das Haus zu umstellen, damit keiner von den Bewohnern es verlassen konnte. Alles musste sehr schnell und lautlos gehen, damit im Inneren des Hauses niemand etwas von dieser Aktion mitbekäme. Kurz danach betraten weitere uniformierte Polizisten gemeinsam mit den Kripobeamten auch schon den Kasernenblock. Für die Bewohner kam alles so überraschend, dass einige völlig orientierungslos auf dem Flur umherliefen. Das Zimmer der ghanaischen jungen Männer konnte nach kurzer Befragung sehr schnell ausfindig gemacht werden, denn bereits vor Einsatzbeginn hatte der Hausverwalter den Beamten die notwendigen Informationen gegeben. Insgesamt waren zehn Männer anwesend und von allen wurden die Personalien überprüft, wobei ein großer Teil gar keine Dokumente vorlegen konnte.

Kurt und Herbert bemerkten sofort eine Gruppe von Männern in einer Ecke des Raumes und ihnen fiel auch sogleich ein junger Mann mit einer Bierflasche der Marke „Star" ins Auge:

„Das ist er!" riefen die beiden Beamten wie aus einem Mund.

Im selben Moment sprang der junge Mann mit der Bierflasche auch schon auf und schwang ich durch das offene Fenster ins Freie. Schnell wie eine Gazelle rannte er über die Rasenfläche in Richtung Straße.

„Hinterher!" rief Kurt den Absperrkräften zu.

Die aber waren im ersten Moment einmal so überrascht von der Schnelligkeit des Afrikaners, dass ein sofortiger Zugriff unmöglich war. Nun begann sowohl zu Fuß als auch per Streifenwagen eine wilde Verfolgungsjagd durch die engen Gassen in der näheren Umgebung.

Der junge Ghanaer rannte um sein Leben. Der Flüchtende war zwar über eine kurze Strecke sehr schnell, allerdings war das Durchhaltevermögen nicht besonders groß. Er wurde stetig langsamer und es kam wie es kommen musste. Einige Straßen weiter stand Hendrijk mit einem Einkaufswagen voller Pfandflaschen. Einer der verfolgenden Polizisten rief ihm zu:

„Halten Sie den Mann auf! Er ist ein Straftäter!"

Der Obdachlose reagierte sofort und schob dem Afrikaner mit Elan den Wagen vor die Füße. Das kam für diesen so unvorhergesehen, dass er nicht mehr ausweichen konnte und direkt in das Gefährt lief. Der Wagen kippte und mit lautem Geklirr stürzten er und der Ghanaer zwischen den Flaschen auf die Straße.

Gleich im nächsten Moment führten die Polizisten die Festnahme durch.

Dann ging alles sehr schnell. Naasih wurde zur Polizeiwache verbracht, wo man seine Fingerabdrücke mit denen an den Glasscherben abglich – sie stimmten tatsächlich überein. Es dauerte dann auch nicht mehr lange, bis er ein Geständnis ablegte. Und Hendrijk erhielt ein dickes Lob von der örtlichen Polizeiführung, auf das er stolz war wie Oskar. Kurt war erleichtert, den Fall doch noch aufgeklärt zu haben.

„Puh! Das war ganz schön knapp!" war sein Schlusswort zu diesem Fall an Herbert. „Ich hab mich wirklich schon als Ticketschreiber durch die Innenstadt wandeln sehen."

Ein abschließender Besuch bei Addae zeigte Kurt diesen jungen Mann nun von einer etwas anderen Seite.

„Wir haben den Täter jetzt endlich gefasst", erzählte er dem Patienten sofort und wartete auf die Reaktion.

Zunächst passierte nichts, bis der junge Mann dann endlich sein nachdenkliches Schweigen brach.

„Na und wer ist es nun?" fragte er, obwohl er die Antwort schon kennen musste.

„Nach so vielen Gesprächen brauchen Sie mich nun aber nicht auf den Arm zu nehmen, mein Lieber", sagte der Kriminalbeamte ein wenig beleidigt. *„Sie wissen doch genau, dass es Naasih war, und er hat es auch schon zugegeben."*

„Jaja, ist schon richtig", entgegnete Addae. *„Woher wussten Sie eigentlich, dass ich zu ihm noch immer Kontakt hatte?"*

„Das lag doch wohl auf der Hand", war die prompte Reaktion. *„Durch Ihre gemeinsamen Abenteuer waren Sie doch unzertrennlich – und so war es auch hier in Lüneburg, oder? Nun erzählen Sie mir aber doch bitte noch den Rest der Geschichte – mit allem, was dazu gehört!"*

*

Irgendwann gegen Abend setzten sich die beiden Suchenden am Rand der Raststätte entmutigt ins Gras. Da hatte Addae eine Idee. Er zupfte Naasih am Ärmel und zog ihn mit sich.

Beide hatten ein Gespann aus Deutschland im Visier. Der Auflieger war mit einem Kühlcontainer beladen, das war genau das Richtige für Addaes Plan. Langsam pirschten sie sich von hinten an das Gefährt heran und kletterten auf den Anhänger. Dort wollten sie sich dann für die lange Reise oben auf den Container legen.

So war der Plan, aber wieder einmal kam alles anders, denn sie hatten die Rechnung ohne den Trucker gemacht. Er beobachtete die jungen Männer bei ihrem Vorhaben im Rückspiegel der Zugmaschine.

„Hey! Go down!", forderte der Fahrer energisch. Sein Englisch war nicht besonders gut, aber es wurde sofort verstanden. Reumütig kletterten Addae und Naasih von dem Anhänger herunter und standen wie begossene Pudel vor dem Trucker.

„Where do you want to go?" fragte er sie.

„Germany!", antworteten sie fast zeitgleich im Chor.

Sie rechneten damit, wieder davongejagt zu werden und wollten sich schon davonstehlen, aber da gab es eine überraschende Wendung – der Fahrer lud sie ein, mitzufahren!

„Come on!", forderte er die Jungen auf und machte eine Handbewegung in Richtung Führerhaus. „Ich muss ganz schön verrückt sein", brummelte er in sich hinein, „aber wenn sie mir oder woanders während der Fahrt vom Anhänger fallen, mach' ich mir nur Vorwürfe."

Addae und Naasih ließen sich das nicht zweimal sagen und kletterten sogleich in die Zugmaschine. Im Vergleich zu den Lastwagen, die sie bisher kennengelernt hatten, wirkte dieses Fahrerhaus wie das Cockpit eines Flugzeuges. Überall leuchteten Kontrolllampen und es gab richtig viel Platz darin. Der Trucker hatte sich sein Reich auch gemütlich eingerichtet, beinahe wie ein Wohnzimmer. Die neuen Mitreisenden kamen aus dem Staunen gar nicht mehr heraus.

Langsam setzte sich das Gespann in Bewegung und fuhr vom Rastplatz auf die Autobahn. Ein richtiges Gespräch war kaum möglich, da alle nur gebrochen Englisch sprachen, aber mit Händen und Füßen konnten sie sich einigermaßen verständigen.

„Mein Name ist Rudi!", stellte sich der Trucker vor. „Wie sind eure Namen und woher stammt ihr?"

Das mit dem Namen verstanden die beiden noch, aber der Rest blieb ihnen zunächst ein Rätsel.

„Addae", sagte der Angesprochene spontan und zeigte dann auf seinen Nachbarn: „Naasih."

Rudi versuchte mit Hilfe der Straßenkarte noch einmal, herauszubekommen, welches das Herkunftsland seiner Gäste war.

„Ich Germany", erklärte er und zeigte auf die Landkarte. „Woher seid ihr?"

Nun bekam für Addae die Frage einen Sinn und er zeigte auf seinen Heimatort in Ghana. Dabei wurde er ein wenig nachdenklich und traurig. Ihm wurde bewusst, wie weit er nun von seinem Zuhause entfernt war und dass er es wohl nie wiedersehen würde.

Naasih mischte sich jetzt ebenfalls in das Frage-und-Antwort-Spiel ein: „Wo?", fragte er und zog mit seinem Zeigefinger über die Landkarte. Zunächst wusste Rudi nicht so recht, was man von ihm wissen wollte, aber nach weiteren Erklärungsversuchen verstand er.

„Ach so! Ihr wollt wissen, wo wir jetzt sind. Hier sind wir gestartet." Dabei zeigte er auf das Örtchen Estepona im äußersten Süden Spaniens.

Sehr bald verstummte dann das Gespräch. Es war mittlerweile dunkel geworden und die beiden jungen Männer waren reichlich erschöpft. Außerdem fühlten sie sich bei Rudi sehr sicher. Darum fiel es ihnen auch nicht schwer, bei dem monotonen Motorengeräusch einzuschlafen. Für Rudi war das nichts Neues. Schon häufig hatte er auf seinen Touren Anhalter mitgenommen und die meisten konnten dem Schlaf in der Nacht nicht widerstehen. Sicher und ohne Probleme lenkte er seinen Truck über die spanische Küstenautobahn.

Erst als die Morgenröte das Meer verfärbte, machte der erfahrene Trucker kurz hinter Barcelona Rast. Die beiden Schlafmützen auf der Beifahrerseite ließen sich davon gar nicht stören. Auch er legte nun eine kleine Schlafpause ein.

Als Addae und Naasih durch die mittlerweile hoch am Himmel stehende Sonne wach wurden, hörten sie Rudi schnarchen und wussten sogleich Bescheid. Sie stiegen aus, machten es sich am Vorderrad gemütlich und genossen das schöne Wetter. Es war für beide schon sehr lange her, dass sie sich so sicher und wohl gefühlt hatten.

Dies war der Moment, in dem Naasih noch einmal nachfragte, wie Jemila gestorben war: „Du wolltest mir noch erzählen, was geschehen ist", hakte er nach.

„Warum quälst du mich denn ständig damit?", fragte Addae genervt.

„Es ist wichtig, darüber zu reden", ermutigte Naasih.

„Was gibt es darüber schon zu reden? Eine Gruppe von nigerianischen Bestien war in unserem Container und die haben sie irgendwann vergewaltigt, als ich geschlafen habe. Wahrscheinlich ist sie durch innere Verletzungen verblutet; sie starb in meinem Arm." Addaes sprach emotionslos und knapp.

„Konntest du sie nicht beschützen?", war die spontane Frage des Freundes.

„Ja, das kann ich jetzt gebrauchen – Vorwürfe von einem, der nicht dabei war! Als würde ich nicht schon genug Schuldgefühle haben."

Das aufgeheizte Gespräch wurde durch Rudi unterbrochen. Noch etwas verschlafen kroch er aus seiner Zugmaschine und räkelte sich.

„So, dann will ich mal ein kleines Frühstück organisieren. Habt ihr Hunger?"

Die beiden Streithähne nickten kurz und diskutierten ihr heißes Thema dann nicht weiter aus – das sollte dann auch für den Rest der Reise gelten.

Rudi kehrte nach kurzer Zeit mit Kaffee und Sandwiches vom Rasthof zurück. Auch wenn es ein sehr einfacher Snack war – für die beiden Neuankömmlinge in Spanien war es ein Hochgenuss und das ließen sie Rudi auch dankbar spüren. Nach einer kurzen Körperpflege ging die Fahrt dann auch schon in Richtung Frankreich weiter.

Schon bald darauf passierte das Gespann die Grenze und verließ Spanien. „So, now we are in the herrlichen Frankreich!", erklärte Rudi im deutsch-englischen Kauderwelsch.

„In what?", wollte Addae wissen.

Der Trucker gab sich erst gar keine große Mühe und zeigte gleich auf die Straßenkarte. „We sind here", sagte er nur.

Die Sprachbarriere hielt die Anwesenden nun aber nicht länger davon ab, während der Fahrt ein angeregtes Gespräch zu führen. Mit allen nur erdenklichen Geesten und Grimassen versuchte ein jeder, sich verständlich zu machen. Rudi erklärte den paradoxen Sinn seines Transports von Nordseekrabben, die zuerst nach Marokko verfrachtet worden waren, um dort von Frauen gepuhlt zu werden, und nun wieder nach Deutschland zurückkehrten. Er wiederum erfuhr von Addae und Naasih einiges über Ghana und ihre Beweggründe, den schwarzen Kontinent zu verlassen.

So wurde die Fahrt bis nach Dijon sehr kurzweilig. Dort musste Rudi nun allerdings eine Zwangspause von mindestens neun Stunden einhalten, bevor die Reise nach Deutschland weitergehen konnte.

„We sind now in Dijon and ich muss bleiben here for nine Stunden", versuchte er zu erklären. Die beiden jungen Männer amüsierten sich ein wenig über diese Sprachmischung, aber sie verstanden, was er meinte.

Während Rudi diese lange Ruhezeit für ein ausgiebiges Nickerchen nutzte, zogen seine beiden Gäste los, um ein wenig die Stadt zu erkunden. Vom Rastplatz aus war es nicht besonders weit ins Zentrum der Stadt, wo sie sich in einer vollkommen anderen Welt wiederfanden. Viele neue und unbekannte Eindrücke prasselten auf die Neuankömmlinge ein. Bei allem Staunen und Schwärmen durften Addae und Naasih allerdings auf keinen Fall die Zeit aus den Augen verlieren, denn für Rudi war die Fahrzeit bares Geld wert.

Das hatte er ebenfalls versucht, den jungen Männern klar zu machen: „Die best of time für Trucker sind over. Muss immer fahren, um Geld zu verdienen."

Es war lediglich ein Nicken von den beiden gekommen, aber ob sie es verstanden haben, war für Rudi ungewiss geblieben. Als das Gespann dann wieder auf die Autobahn rollte und sich der Grenze zwischen Frankreich und Deutschland bei Freiburg näherte, waren die beiden mit an Bord.

Hinter der Grenze stellte Rudi dann das erste Mal die Frage nach dem Ziel seiner afrikanischen Begleiter. „Ich fahre bis hier hin", sagte er und zeigte dabei auf Lüneburg im Norden von Deutschland.

Als Antwort kam lediglich ein Nicken. Keiner der beiden jungen Afrikaner wusste etwas mit dieser Stadt anzufangen, aber wiederum vertrauten sie ihrem Fahrer voll und ganz.

Die Reise setzte sich dann weiter ohne Probleme fort und Rudis Mitfahrer betrachteten wie im Zeitraffer ihr neues Heimatland. Große Metropolen zogen an ihnen vorbei und auch riesige Industriezentren erweckten ihre Aufmerksamkeit.

Kurz hinter Mannheim legte der LKW eine letzte Pause ein, um dann die letzte Etappe zu bewältigen. Als Rudi Hannover passierte, erklärte er seinen Mitreisenden noch ein wenig zur Situation in Lüneburg und gab ein paar Tipps.

„Ich lasse euch in der Nähe des Bahnhofs raus. Dort gibt es eine Unterkunft für Asylsuchende, in der auch viele aus eurem Heimatland wohnen. Ihr solltet euch möglichst bald bei den Ämtern anmelden."

Zwar nickten die beiden, aber ob sich ihnen diese Zusammenhänge wirklich erschlossen, blieb für Rudi wieder zweifelhaft. Nun dauerte es nicht mehr lange und der LKW erreichte Lüneburg.

„So da wären wir", erklärte Rudi, als er im Lüneburger Bahnhofsviertel hielt. „Ich wünsche euch viel Glück in eurer neuen Heimat!"

„So long!", kam lediglich von Addae, verbunden mit einem kurzen Handschlag. Er und Naasih waren beide ein wenig verlegen und wussten nicht so recht, wie sie sich bei Rudi bedanken sollten.

Rudi setzte sich mit seinem Gespann in Bewegung und fuhr in Richtung seiner Spedition davon. Zurück blieben zwei junge Männer aus Ghana, die sich ein wenig verloren fühlten. Sie starrten auf drei große Backsteinhäuser der fünfziger Jahre, die früher einmal zu einer Kaserne gehört hatten.

„Und nun?", fragte Naasih ein wenig orientierungslos.

Nur langsam und zögerlich bewegten sie sich auf eines der Gebäude zu. Vereinzelt kamen ihnen Männer und Frauen der unterschiedlichsten Nationalitäten entgegen, allerdings war niemand vom afrikanischen Kontinent dabei.

„Ich weiß nicht, ob wir hier richtig sind!", kam zweifelnd von Addae.

Erst als sie den letzten Block erreichten, begegnete ihnen ein Mann, der ihnen ähnlich sah.

„Hello! Where do you come from?" fragte Addae vorsichtig.

„Ghana!", kam direkt als Antwort.

Die Erleichterung war groß und sofort kam auch ein lebendiges Gespräch zustande.

„Mein Name ist Maalik. Wie heißt ihr?"

„Das ist Naasih und ich bin Addae."

„Ihr müsst erschöpft sein. Über welche Route seid ihr denn gekommen?", fragte Maalik wissbegierig.

„Über Spanien sind wir angereist", antwortete Naasih.

„Das war sicherlich eine Tortur, oder? Kommt erst einmal mit. Ich stelle euch den anderen vor und dann könnt ihr euch erst einmal ausruhen."

Bereitwillig wurde den Neuankömmlingen die Tür geöffnet und über einen langen Gang erreichte das Trio einen Raum mit ungefähr zehn Matratzen auf dem Fußboden. Genau konnte Addae es nicht erkennen, da etwa doppelt so viele Personen im Raum anwesend waren. Die Luft war muffig und durch die kurzzeitig geöffnete Tür waberte ein feuchtwarmer Dunst in den Flur. Gleichzeitig drang ein Stimmengewirr aus dem Zimmer, das zu einer einzigen undefinierbaren Wortmasse zusammenschmolz.

„Darf ich einmal unterbrechen und euch zwei neue Freunde aus unserer Heimat vorstellen, die gerade angekommen sind?", mischte sich Maalik in die angeregte Unterhaltung.

Abrupt wurde es still und jeder starrte die Neuankömmlinge an, die unsicher nickten und nicht recht wussten, was sie von alledem halten sollten.

„Irgendwo gibt es bestimmt ein ruhiges Fleckchen für euch – fühlt euch wie zu Hause", wurden sie aufgefordert.

Das war leichter gesagt als getan, aber bekanntlich ist Platz auch in der kleinsten Hütte und als alle ein wenig zusammenrückten, wurde eine kleine Ecke frei, in welche die beiden sich zurückziehen konnten.

„Zu Hause ist gut", flüsterte Addae in einem unbeobachteten Augenblick. „Da hatten wir in unserem kleinen Dorf größeren Komfort. Und dafür die ganzen Strapazen? Das habe ich mir aber anders vorgestellt."

„Wir sollten nicht unhöflich sein", mahnte Naasih, „bald gibt es bestimmt etwas Besseres." Aber wirklich hoffnungsvoll sah er dabei nicht aus.

Kurze Zeit später fielen Naasihs Augen zu und Addae blieb noch für einen Moment wach. So bekam er noch ein kurzes Gespräch zwischen Maalik und einigen anderen Männern mit:

„Warum schleppst du hier jeden an?", fragte einer halblaut. „Es ist so schon eng genug. Wir sind doch keine Sozialstation."

„Das ist eine Frage der Ehre", gab Maalik zurück. „Es sind unsere Landsleute und sie haben sicher genau wie wir einiges durchgemacht. Habt ihr das schon nach so kurzer Zeit vergessen?"

Ein ungnädiges Brummeln war die Antwort und dann war Stille – falls man davon überhaupt reden konnte, denn so richtig ruhig war es die ganze Nacht über nicht. Es herrschte ein ständiges Kommen und Gehen, immer wieder flackerten Unterhaltungen über irgendetwas auf und das nicht gerade leise. Allerdings kannte Addae seine Landsleute: Die hatten es einfach nicht so mit leisen Tönen und die in Ghana meist verbreitete Sprache Akan war auch nicht gerade zum Flüstern geeignet.

Am nächsten Morgen machten sich die beiden Neuankömmlinge zuerst einmal auf, ihre neue Heimat kennenzulernen. In Lüneburg war ihnen alles sehr fremd. Nicht nur dass sie die Sprache nicht verstanden, es war die gesamte Situation mit den vielen alten Gebäuden, die sie befremdete. Auch die Ampeln, an denen Passanten warteten, bis sie ein Signal zum Gehen bekamen, verblüfften sie und es musste überhaupt sehr vieles beachtet werden, was ihnen zunächst sehr unverständlich vorkam. Hinzu kam auch noch das reichlich ungemütliche Wetter: Es war den ganzen Tag über sehr nebelig und kalt.

„Das ist mir alles sehr fremd hier", war Addaes Zusammenfassung, nachdem sie einige Stunden unterwegs gewesen waren. „Ich weiß nicht, ob ich mich hier jemals heimisch fühlen werde."

„Ja und was willst du jetzt tun? Willst du etwa wieder zurück nach Ghana?", kam von Naasih etwas spöttisch, während er sich an ein Geländer lehnte und auf die Ilmenau schaute, mit Blick auf einen alten Kran an der anderen Uferseite.

Die Antwort musste allerdings erst einmal warten, denn nun kam bei den beiden plötzlich Hektik auf – direkt neben ihnen hielt ein Polizeiwagen; die Beamten stiegen sogleich aus und kamen schnellen Schrittes auf sie zu.

„Los, Addae! Lauf!", rief Naasih, rannte los und verschwand in einer der engen Gassen.

Addae aber hatte das Pech, über seine eigenen Beine zu stolpern, so dass selbst der unsportlichste Polizist keine Mühe gehabt hätte.

Einer der Beamten ergriff ihn am Arm, während der andere ihn ansprach: „Passport please!"

„Nix verstehen!", kam von dem verängstigten jungen Mann.

Obwohl Addae in den vergangenen Monaten schon viel erlebt hatte, beschlich ihn in diesem Moment ein sehr ungutes Gefühl, das mit Unsicherheit und Fremdheit verbunden war.

„Come on!", kam eine erneute Aufforderung, zum Streifenwagen zu folgen und auf der Rückbank Platz zu nehmen. Im nächsten Moment nahm neben Addae auch schon einer der beiden Polizisten Platz und der andere setzte sich ans Lenkrad.

„Der sieht mir wie ein *MUFL aus", stellte der Fahrer fest und startete das Auto.

„Da gehe ich mal von aus. Lass uns erst mal mit ihm zur Wache fahren", pflichtete der andere Beamte bei.

Addae bemerkte natürlich, dass sich die Polizisten über ihn unterhielten und ihn als *MUFL bezeichneten. Für ihn hörte sich das Wort nicht besonders freundlich und eher abwertend an. Er versuchte noch einmal, der Situation zu entkommen und wollte die Tür öffnen, aber sie ließ sich von innen nicht öffnen. (*männlicher unbegleiteter Flüchtling)

Der neben ihm sitzende Beamte lachte: „Du glaubst doch wohl nicht ernsthaft, dass wir so dumm sind und die Tür offen lassen, oder?"

Nach kurzer Fahrt erreichte der Streifenwagen die Wache und Addae wurde in einen Raum mit einer breiten Fensterfront gesperrt. Niemand erklärte ihm, was nun weiter passieren sollte. Er hörte nur noch einen der Polizisten sagen:

„Ich informiere dann mal die Jugendhilfe."

Dann war nur noch das mehrfache Klacken des Türschlosses zu hören. Es vergingen einige Stunden, bis endlich eine junge Frau in den Raum kam und sich kurz mit ihm unterhielt. Addae fand sie sehr sympathisch und er fasste sofort Vertrauen zu ihr. Offensichtlich bemerkte sie das auch gleich und setzte sich direkt neben ihn.

„Hallo! Mein Name ist Sonja", erklärte sie. „Ich komme von der Jugendhilfe und ich möchte dir helfen, hier in Deutschland ein neues Zuhause zu finden. Magst du mir deinen Namen verraten? Verstehst du mich?"

„Addae", kam als einzige Antwort, denn viel mehr konnte der junge Mann nicht sagen.

„Na, das ist ja schon mal ein Anfang", freute sich Sonja und reichte ihm freundschaftlich die Hand, was er zunächst zögerlich, dann aber auch herzlich erwiderte, obwohl diese Geste in seinem Land nicht üblich war.

Danach ging dann alles recht schnell – nach ein paar kurzen Worten mit den Beamten kam auch schon die Aufforderung zum Verlassen der Polizeiwache. Das ließ sich Addae nicht zweimal sagen. Wieder einmal hatte er das Gefühl, jetzt würde es endlich losgehen mit seinem neuen Leben. Diese neue Wendung fühlte sich jedenfalls sehr gut an.

Nach einer kurzen Autofahrt kamen sie in einer kleinen Siedlung vor den Toren Lüneburgs auf dem Ebensberg an. Hier hatte die Stadt für unbegleitete Jugendliche aus Afrika ein Haus angemietet, um ihnen nach traumatisierenden Ereignissen ein gutes Umfeld zu bieten. Die Rahmenbedingungen waren ideal, das Haus lag in unmittelbarer Nähe zum Elb-Seitenkanal, wo die Binnenschiffer ihre Kähne entlangschipperten. Ein unterschwelliges Brummen der Motoren verriet ihre Anwesenheit.

Sonja führte Addae in ein gemütlich eingerichtetes Wohnzimmer mit einer kuscheligen Couch, in die sich der Neuankömmling sofort hineinfallen ließ.

„Warte einen Moment, ich bin gleich wieder da", erklärte die Jugendpflegerin mit einer unterstützenden Handbewegung, um unmissverständlich deutlich zu machen, dass sie gleich zurückkommen würde.

Nach einigen Minuten kehrte sie mit einem weiteren jungen Mann aus Ghana zurück.

„Das ist Abid. Er spricht hoffentlich deine Sprache, dann kann er uns bei der Verständigung ein wenig helfen."

Abid kam zwar auch aus Ghana, aber aus einer ganz anderen Gegend als Addae. Mit etwas Mühe war aber eine Verständigung möglich. Nach einer kurzen Begrüßung begannen dann auch gleich die Formalitäten und Befragungen.

„Sonja benötigt deinen vollständigen Namen und dein Alter. Du solltest nicht älter als achtzehn Jahre alt sein, sonst musst du in die Heimat zurück." Abid gab diesen kleinen Tipp, da er genau wusste, dass die meisten jungen Männer aus seiner Heimat älter waren und seine Sprache von der Jugendpflegerin nicht verstanden wurde.

„Ich heiße Addae Kwame und ich stamme aus der Stadt Yendi, die ich vor ungefähr zehn Monaten verlassen habe. Mein Vater wurde beim Königsmord getötet. Seitdem ist dort Bürgerkrieg und ich bin selbstverständlich nicht älter als achtzehn Jahre, wenn du das so sagst."

Bei dieser kurzen Schilderung wurde Addae sehr melancholisch, seine Stimme zitterte ein wenig und ihm schossen die Tränen in die Augen. Er dachte an seine Familie. Während seine Worte übersetzt wurden, hielt Sonja seine Hand, um ihn ein wenig zu trösten.

Die Befragung zog sich noch ein wenig hin und Abid übersetzte nach bestem Wissen und Gewissen, wobei er allerdings die eine oder andere Kleinigkeit wegließ und hier und da etwas dazudichtete: Sonja erfuhr nur das, was sie wissen sollte. Allerdings war sie schon lange genug als Jungendpflegerin tätig und kannte mittlerweile die Tricks der jungen Leute, so dass man ihr so leicht nichts vormachen konnte. Sie hatte sehr schnell durchschaut, dass mit Addaes Alter etwas nicht stimmte, aber sie ließ ihn erst einmal gewähren. Es ließe sich ohnehin nicht vermeiden, den jungen Mann einer forensischen Untersuchung zuzuführen.

Zunächst sollte es Addae aber sehr gut gehen. Er erhielt ein eigenes Zimmer, das sehr gemütlich eingerichtet war. Kaum hatte Sonja den Raum verlassen, suchte Abid den neuen Bewohner auf.

„He, Addae! Hast'n Augenblick Zeit?"

„Klar doch! Komm rein!", forderte dieser seinen neuen Freund auf.

„Lass dich bloß nicht durch die Freundlichkeit täuschen. Die werden dich mit Sicherheit zu einem Doktor schicken, der durch Untersuchungen dein Alter bestimmen kann. Wenn man dann dein wahres Alter weiß, dann geht's zügig zurück in die Heimat."

„Na, das ist ja eine tolle Vorstellung. Da lasse ich über Monate diese Strapazen über mich ergehen, um dann genau dorthin geschickt zu werden, wohin ich auf keinen Fall mehr möchte."

„Deine einzige Chance ist, rechtzeitig den Abflug zu machen."

„Ja, wie stellst du dir das denn vor?"

„Augen und Ohren offen halten!"

„Na, du bist gut. Das mit den Augen mag zwar klappen und hören kann ich sicherlich auch noch gut, aber ich verstehe ja nichts!"

„Ich bin ja auch noch da", beruhigte Abid, „und die werden dich sehr bald zum Sprachunterricht schikken, da wette ich drauf. Aber nun erzähle mal ein wenig von deiner abenteuerlichen Reise!" Dabei klopfte Abid seinem Gesprächspartner auf die Schulter.

Nach einer kurzen Pause begann Addae mit seinen umfangreichen Ausführungen und er hatte einen sehr interessierten Zuhörer, der ganz ähnliche Erfahrungen gemacht hatte.

Für die nahe Zukunft kam es dann genau so, wie Abid es prophezeit hatte. Bei einem recht komfortablen Leben wurde Addae zur Sprachschule geschickt und bald darauf wurde eine Untersuchung zur Altersbestimmung angekündigt. Allerdings ließ der Termin beim Arzt, aus welchen Gründen auch immer, noch ein wenig auf sich warten.

Der tägliche Deutschunterricht half Addae im alltäglichen Leben unwahrscheinlich gut weiter und er nutzte die ihm verbleibende Zeit, um möglichst viel von der Sprache zu lernen. Er wusste, dass mit dem täglich näher rückenden Untersuchungstermin auch seine sorgenfreien Tage gezählt waren.

Der Tag der Wahrheit war leider viel zu schnell erreicht und es wurden die unterschiedlichsten Untersuchungen durchgeführt. Neben forensischen Skelettabgleichungen und Untersuchungen des Zahnstatus wurden noch diverse andere Methoden als Maßstab angewandt. Addae fühlte sich wie ein Versuchskaninchen. Nach Stunden wurde er ohne ein Wort der Information entlassen. Es vergingen noch einige Tage der Ungewissheit, die er gerne noch als Gnadenfrist nutzte.

Eines Abends klopfte es dann an seiner Zimmertür und Abid kam ganz aufgeregt rein.

„Du, sieh zu! Es ist so weit. Du musst dich aus dem Staub machen!"

Addae machte große Augen. „Woher weißt du das denn jetzt?"

„Ich bin gerade am Büro vorbeigegangen und konnte ein Gespräch mithören. Dein Untersuchungsergebnis liegt vor und es wurde zweifelsfrei festgestellt, dass du älter als achtzehn Jahre alt bist. Schon morgen sollst du abgeholt werden, damit sie dich mit dem nächsten Flieger abschieben können."

„Shit!", war Addaes kurze Reaktion und dann begann er auch schon, seine wenigen Sachen zusammenzupacken.

Abid hatte zwischenzeitlich die Zimmertür einen kleinen Spalt geöffnet und spähte nun den Flur entlang, ob sich aus dieser Richtung Gefahr näherte.

„Achtung, da kommt jemand", warnte er aufgeregt.

Sonja kam mit einem anderen Jungendpfleger die Treppe herauf und sie gingen zielstrebig auf die Tür zu, in der noch immer Abid stand. Nur Addae war nicht mehr anwesend – das Fenster stand noch offen.

„Wo? Wo ist er?", rief Sonja aufgebracht und ging geradewegs auf das Fenster zu. Sie sah Addae nur noch davonlaufen. Den beiden Mitarbeitern blieb nun nichts weiter übrig als sich mit dem vermeintlichen Verräter auseinanderzusetzen und die Behörden zu informieren, die den jungen Flüchtigen wie einen Straftäter zur Fahndung ausschrieben.

Addae machte sich sogleich auf den Weg zu seinen Freunden in dem Kasernengebäude im Meisterweg. Glücklicherweise hatte er einen guten Orientierungssinn und in den letzten Wochen hatte er Lüneburg schon ein wenig kennengelernt.

Naasih, den er in den letzten Wochen immer wieder getroffen hatte, hatte ihm deutlich gesagt, dass er dort stets willkommen sei, wenn diese Situation eintreten sollte. Als Addae nun dort erschien und sein alter Freund ihn sah, wusste er sofort, was geschehen war.

„Ich hatte dir in den letzten Tagen ja schon angekündigt, dass es so weit kommen wird", waren Addaes erste Worte gleich zur Begrüßung. „Ich konnte gerade noch durch mein Fenster abhauen – aber auch nur, weil Abid mich gewarnt hat."

„Ist schon okay!", beruhigte ihn Naasih. „Das ist hier zwar kein erstklassiges Hotel und ich wette, in den letzten Wochen hast du besser gelebt, aber es lässt sich aushalten."

Mittlerweile kannte Addae seinen Kumpel aber recht gut und er wusste, dass diese Worte nur Fassade waren. Niemand konnte nach derartigen Strapazen zum Ziel haben, so zu leben wie diese jungen Männer. Am nächsten Tag sollte er dann auch gleich mitbekommen, wie gefrustet einige von ihnen waren.

Nach einem dürftigen Frühstück entwickelte die Gruppe eine gewisse Betriebsamkeit.

„Was ist denn los?", fragte Addae erstaunt.

„Es geht zum Schrotthändler. Mit etwas Glück können wir für ein wenig Kleingeld dort arbeiten. Komm mit, vielleicht haben wir Glück", forderte Naasih ihn auf.

Ungefähr zehn arbeitswillige Männer machten sich auf, um zu versuchen, der Tätigkeit nachzugehen, wegen der sie ihr Heimatland verlassen hatten – welch ein Paradoxon!

Das Gelände des Händlers befand sich nicht weit entfernt am Ende des Meisterwegs. Hier wurde Wohlstandsschrott sortiert und Kleintransporter wurden bis unters Dach damit beladen, um nach Ghana verschifft zu werden. Addae fand es bemerkenswert, was diese Überflussgesellschaft so alles entsorgte, das in afrikanischen Staaten dann wieder aufbereitet wurde, um dort noch viele Jahre benutzt zu werden. Ein für europäische Verhältnisse schrottreifes Fahrzeug beispielsweise konnte noch lange über afrikanische Pisten rollen.

Addae und Naasih kannten das alles schon von der großen Müllhalde in Agbogbloshie – hier sahen sie nun den Anfang des ganzen Übels. Für den heutigen Tag wurden lediglich vier Helfer benötigt, der Rest trollte sich von dannen und verbrachte den Tag in Frust und Langeweile. Addae und Naasih gehörten ebenfalls mit zu dieser Gruppe.

„Was habt ihr denn nun vor?", fragte Addae, dem das alles noch fremd war.

„Wir ziehen um die Häuser und ticken Leute", antwortete Naasih.

„Was heißt denn das?"

„In der Stadt läuft genug Volk herum, bei denen bestimmt der eine oder andere pralle Geldbeutel zu holen ist."

„Das ist nicht euer Ernst! Wie gehen also klauen?"

„Ja, so kann man das auch nennen. Hast du damit ein Problem?", mischte sich ein anderer junger Mann aus der Gruppe ein.

„Na ja, das ist doch nicht richtig."

„Haben wir denn eine andere Wahl? Niemand lässt uns auf vernünftige Weise arbeiten. Nirgends sind wir hier willkommen. Schau dich doch mal an! Mit großer Hoffnung bist du nach Europa gekommen und welche Zukunft wirst du hier haben? – Keine!"

„Aber haben wir dann das Recht dazu, Leute zu beklauen?"

„Schau sie dir doch alle an", meldete sich Naasih nun wieder zu Wort und zeigte auf einige Passanten. „Bis zum Rand gefüllte Einkaufstaschen, teure Kleidung und nobelste Autos. Ihr Hobby ist der Konsum und wir schauen, wie immer, in die Röhre."

„Ihr Überfluss und ihre Dekadenz ist unser Untergang", ergänzte noch jemand aus der Gruppe. „Nur weil die hier so viel haben, geht es unseren Leuten zu Hause so schlecht!"

Addae stand einen Moment lang vor ihnen und überlegte. Nach allem, was er in den letzten Monaten erlebt hatte und angesichts des Scherbenhaufens, vor dem er nun stand, konnte er seinen Begleitern und Leidensgenossen nur zustimmen.

„Eigentlich habt ihr Recht …", sagte er zögerlich – und dann entschlossen: „Dann kommt! Zeigt mir, wie man diese satten Europäer tickt!"

So zogen sie gemeinsam in die Innenstadt und als sie die breite Einkaufsstraße „Am Sande" erreichten, waren dort weitaus genügend Opfer im Angebot.

„Unsere Taktik ist, die Zielperson abzulenken, während ihr die Handtasche oder etwas anderes entrissen wird. Schau am besten erst mal zu."

Eine Zeit lang beobachteten sie eine Gruppe von jungen Frauen. Sie waren mit ihren teuren Handys zugange und schienen ihre Umwelt gar nicht so wirklich wahrzunehmen. Plötzlich stürmten zwei aus der Gruppe los, um sie anzurempeln, während ihnen von der anderen Seite die Geräte entrissen wurden. Es ging alles sehr schnell und nach der Tat flüchtete die Gruppe sogleich in eine der vielen engen Gassen in Richtung Ilmenau. Erst bei der Lüner Mühle fühlten sie sich sicher genug, um die Beute zu begutachten.

„Na ja, geht so", äußerte jemand enttäuscht.

„Wieso? Was ist denn mit den Handys?", wollte Addae wissen.

„Normalerweise sind solche Geräte nicht unser Ziel. Die müssen erst wieder verkauft werden und das ist umständlich. Besser ist Bares, aber manchmal nimmt man eben, was leicht zu bekommen ist", erklärte Naasih.

Die Gruppe zog sich zuerst einmal zurück, bevor sie an einem anderen Ort ein nächstes Mal ihr Unwesen trieb.

Die nächsten Wochen und Monate waren durch derartige Übergriffe geprägt. Skrupellos wurden Menschen drangsaliert und ausgeraubt, unabhängig von Alter oder Geschlecht. Manchmal war es den jungen Männern beinahe gleichgültig, ob Beute gemacht wurde und oft war es einfach wichtig, den allgemein wachsenden Frust abbauen zu können. Mehr und mehr verrohten ihre Verhaltensweisen, die Opfer wurden häufig verletzt zurückgelassen und sie machten sich über ihre Hilflosigkeit lustig.

Addae bemerkte deutliche Veränderungen auch in seinem eigenen Verhalten. Mittlerweile war er aktiv an den Taten beteiligt und er war nicht weniger skrupellos als die anderen. Unterbrochen wurden die Streifzüge lediglich durch Arbeitstage bei dem Schrotthändler, die aber nicht für Entlastung sorgten, sondern eher für noch mehr Unzufriedenheit.

Als die Gruppe wieder einmal in Richtung Innenstadt zog, um sich auszutoben, fiel Addae in der Nähe des Bahnhofs ein Obdachloser auf, der dort leere Pfandflaschen sammelte, um sie im nächsten Supermarkt in bare Münze umzuwandeln.

„Was hat der denn hier zu suchen? Das ist doch unser Gebiet!", empörte sich der junge Afrikaner und stürmte ungehalten auf den Flaschensammler los.

Wie ein wild gewordenes Tier packte Addae den alten Mann und schlug ihm mehrfach ins Gesicht, so dass dieser sofort zu Boden ging. Der ahnungslose Obdachlose wusste nicht, wie ihm geschah.

„Was machst du hier? Das ist unser Gebiet! Kennst du die unausgesprochene Regel nicht? Bevor man sammelt, fragt man die Gebietsinhaber. Wie heißt du?", schrie Addae den hilflosen Mann an und schlug ihm erneut ins Gesicht.

Zwischenzeitlich umringten die restlichen Gruppenmitglieder die Szenerie. Sie amüsierten sich köstlich und der eine oder andere lachte sich fast kaputt.

„Wie heißt du Penner?", fragte Addae erneut.

„Hendrijk Kaminsky", kam kleinlaut, „aber schlagen Sie mich nicht wieder. Die Flaschen könnt ihr gerne haben. Bin nur ein paar Tage hier, bald geht's nach Lübeck zurück. Dann seht ihr mich hier nie wieder."

„Das hoff' ich auch für dich", lachte Addae hämisch und überheblich. „Natürlich gehören uns die Flaschen, das ist ja wohl klar. So, und jetzt hau' ab, du armselige Wurst!"

Hendrijk erhob sich langsam und unsicher. Gerade wollte er sich entfernen, wie gefordert, da erhielt er von einigen der jungen Männer noch Tritte, um ihn in seiner Lage noch mehr zu erniedrigen. Wie ein geprügelter Hund schleppte sich der alte Mann davon und verschwand im Bahnhof.

Mit Ehrgefühl hatte das nichts mehr zu tun, aber trotzdem fühlte sich jeder in der Gruppe nun wie ein Held. Das Leergut wurde rasch eingetauscht und ergab ein paar wenige Euro. Dafür hatten sie nun einem alten Mann die Würde genommen. Addae wurde diese Unverhältnismäßigkeit, die in der Gruppe vorherrschte, zwar nicht unmittelbar klar, aber schon in naher Zukunft sollte er seine Lektion noch lernen.

Es gab immer wieder Tage, an denen Addae sich in der Gruppe nicht so wohl fühlte. Er wollte dann einfach nur alleine sein und es trieb ihn in die engen Gassen oder an das Ufer der Ilmenau. Manchmal kauerte er sich auf den Rasen und machte sich ganz klein, als wolle er von niemandem gesehen werden. Das waren die Augenblicke, in denen er an sein Zuhause und seine Familie dachte. Diese Gedanken ließen ihn dann wieder zu sich selbst finden und er erschrak über seine derzeitige Persönlichkeit. Innerlich war er sehr traurig darüber, was aus ihm geworden war und wie diese Reise ihn verändert hatte.

Wenn Addae dann seinen Schlüssel in die Hand nahm, hatte er das Gefühl, er habe damals nicht nur sein altes Leben weggeschlossen, sondern auch sich selbst.

Aber so klein er sich in diesen Augenblicken auch machte, er entging dennoch nicht den Blicken einer jungen Frau. Ihr war dieser junge Mann auf dem Rasen schon mehrere Male aufgefallen und sie hatte dann immer das Gefühl gehabt, helfen zu müssen. Nun setzte sie sich einfach neben ihn auf den Rasen und wartete ab, bis Addae sie bemerkte.

„Hallo! Kannst du mich verstehen?", war ihre spontane Ansprache während sie ihm freundlich die Hand reichte. „Ich heiße Magda."

Addae war zunächst verwirrt und wusste gar nicht, wie er reagieren sollte. Magdas Aussprache war etwas hart, da sie osteuropäischer Herkunft war. Das hörte sich sehr direkt und etwas unterkühlt an, was in diesem Fall allerdings gar nicht zutraf wie ihr offener, freundlicher und mitfühlender Gesichtsausdruck widerspiegelte.

„Addae", kam erst einige Augenblicke später.

„Ah, ja! Das ist ein schöner Name. Woher stammt er?"

„Ghana", war die wiederum sehr kurze Antwort.

„Kann ich dir irgendwie helfen? Du siehst so traurig aus", bot Magda an.

Addae schüttelte nur den Kopf und wusste noch immer nicht so recht, wie ihm geschah. Da ergriff die junge Frau seine Hand und gab ihm eine Tüte mit einem Butter-Franzbrötchen darin.

„Hier, lass es dir schmecken. Dazu schmeckt ganz besonders gut ein heißer Kakao." Mit diesen Worten stellte sie auch das Heißgetränk vor ihm ab und verabschiedete sich winkend mit einem liebevollen Lächeln.

Addae war wie verzaubert, denn so viel Warmherzigkeit hatte er nun schon sehr lange nicht mehr erlebt. Er aß genussvoll das Brötchen und trank dazu den Kakao. Für ihn war es ein Hochgenuss.

Am nächsten Tag fand sich der junge Afrikaner erneut auf dem Rasenstück ein in der Hoffnung, Magda dort anzutreffen. Die verrückten Aktivitäten der Gruppe empfand er plötzlich als unwichtig und banal, während unter den anderen jungen Männern schon Fragen aufkamen und sie ihn drängten, sich ihnen erneut anzuschließen. Addae winkte nur desinteressiert ab.

Umso enttäuschender war es für ihn, als die ersehnte Person an diesem Tag ausblieb. Auch eine Suche in den engen Gassen blieb ergebnislos.

Auch am folgenden Tag ließ der frisch Verliebte seine wild gewordene Gruppe ohne ihn losziehen, um auf Magda zu warten. Dieses Mal wurde er belohnt. – die Ersehnte erschien an der Ilmenau. Sie nahm ihn auch unverzüglich wahr und bemerkte sein verändertes Verhalten. Seine einladende Gestik wurde von ihr auch sofort mit einem Lächeln belohnt.

„Hallo! Es ist schön, dich hier zu treffen", war ihre herzliche Begrüßung. Dabei fuhr sie sich mit den Fingern durch ihr wunderschönes blondes langes Haar und ließ es nach hinten fallen.

„Es freut mich ebenfalls", erwiderte Addae unsicher.

„Hier", sagte sie und bot ihm ein halbes Franzbrötchen an. „Ich habe zwar die eine Hälfte davon schon vernascht, aber ich teile gerne mit dir." Auch dieses Mal gab es ergänzend ein wenig warmen Kakao dazu.

„Das ist wirklich sehr lecker", lobte der Genießer, „besonders mit diesem Schokoladentrunk. Was ist das?"

„Was? Das kennst du nicht? Es ist ein Butter-Franzbrötchen."

„Batterfrunzbrotchen? Spreche ich das richtig aus? Woraus wird es hergestellt?", fragte Addae unbeholfen.

„Nein, Butter-Franzbrötchen!" Magda lächelte. „Es ist ein Hefebrötchen mit Zimt und Zucker. Was gibt es denn in deinem Land für Leckereien?"

„Na ja", leitete Addae seinen Exkurs mit einem leichten Räuspern ein. „Eigentlich kennen wir ähnliche Dinge wie Schokolade oder Kekse, wie ihr auch. Das unterscheidet sich nicht großartig. Es wird eben sehr viel Obst gegessen, das sehr viel schmackhafter und frischer auf unseren Märkten angeboten wird. Eine kuriose Süßigkeit gibt es aber doch." Addae schmunzelte.

„Ja? Was ist das?", fragte Magda erwartungsvoll.

„In Schokolade gehüllte Termiten", war Addaes Antwort.

„Igitt! Das ist nicht dein Ernst, oder?" Magda schüttelte sich.

„Das ist wirklich lecker. Zuerst schmeckt es süß, dann knackt es ein wenig und innen wird es dann sauer und termiten-scharf. Solltest du mal probieren."

„Nein, danke! Darauf kann ich wirklich verzichten", lehnte Magda mit einem angeekelten Gesichtsausdruck ab.

„Darf ich dich in diesem Zusammenhang freundlich auf einen anderen Umstand hinweisen, der auch nicht gerade angenehm ist?", lenkte sie plötzlich von dem Thema ab.

Addae schaute etwas verwundert und erwartungsvoll.

„Darf ich dich zu einer Dusche einladen?", fragte sie dann direkt. „Wir europäischen Frauen haben etwas empfindliche Nasen."

Das war zwar eine sehr außergewöhnliche Einladung, die dem jungen Afrikaner bislang noch nicht geboten worden war, aber er nahm sie dankend an.

Magdas winzige Wohnung lag unweit der Ilmenau in einer Seitenstraße in der Nähe des Bahnhofs. Es war eine Einzimmerwohnung mit einem Badezimmer und einer Kochecke. Von einem kleinen Balkon schaute man direkt auf den Flusslauf.

Die nicht ohne Eigennutz angebotene Dusche beinhaltete sogar noch eine warme Mahlzeit. Es gab zwar lediglich einen Doseneintopf, aber er sättigte und wärmte ordentlich durch.

Addae kam sich danach wie ein neuer Mensch vor und fühlte sich rundum wohl. Weshalb gerade er dieses Glück hatte, blieb ihm zunächst unklar, aber darüber machte er sich nun keine Gedanken, sondern genoss einfach die Situation mit allen seinen Sinnen.

„Erzähle mir ein wenig von dir", forderte Magda ihren Gast auf, „woher aus Ghana stammst du genau und warum hast du dein Heimatland verlassen?"

Addae antwortete nicht sofort. Er wollte seine Worte sehr genau überlegen, um seine Gastgeberin nicht vor den Kopf zu stoßen. Allerdings war es mit seinem begrenzten Wortschatz recht schwierig, genau das auszudrücken, was er bei dieser immer wieder gestellten Frage empfand.

„Eigentlich würde ich das schon ganz gerne mitteilen, aber im Moment möchte ich diese schöne Atmosphäre nicht durch so ein trauriges Thema zerstören. Irgendwann werde ich es dir sicher erzählen, aber bitte nicht jetzt. Kannst du das verstehen?"

Magda nickte verständnisvoll und wollte dann auch nicht weiter nachbohren. Sie fanden für diesen Abend auch genügend andere Themen, für die sie sich begeistern konnten, und irgendwann zog Addae sich wieder in seine alten Kreise zurück. Sicher hätte er die Nacht über bei seiner neuen Bekanntschaft bleiben können, dachte er, aber das war es gerade. – er hatte das Gefühl, hier könne mehr entstehen und das wollte er nicht für einen sogenannten One-Night-Stand in Gefahr bringen.

Bei seinen alten Freunden wurden verständlicherweise unangenehme Fragen gestellt, besonders von Naasih. Er hatte nach allem, was sie gemeinsam durchgemacht hatten, überhaupt kein Verständnis für Addaes Abwege.

„Was soll das?", fragte er aufgebracht, als er mit Addae allein war. „Du kannst die Gruppe doch nicht einfach im Stich lassen! Einerseits nimmst du alle Annehmlichkeiten in Anspruch, aber andererseits bist du bei den Pflichten nicht dabei. So geht das nicht."

„Warum geht das denn nicht? Ich bin doch ein freier Mann! Jedenfalls ist das hier in Europa so und deswegen sind wir doch hier hergekommen, oder?", fragte Addae ärgerlich zurück.

„Wieso setzt du das hier alles aufs Spiel? Die anderen reden schon schlecht und sehen dich als Verräter. Ist das dieses Flittchen wert?"

„Jetzt reicht es, mein Freund! Du kennst sie doch gar nicht und du solltest wirklich nicht so über sie reden. Für mich ist das Gespräch hier beendet."

Am nächsten Tag kam Addae seinen sogenannten Pflichten wieder nach und verpasste dadurch das

Treffen mit Magda. Er wollte sie aber auch nicht direkt in ihrer Wohnung aufsuchen, darum wartete er den darauf folgenden Tag ab und musste dann wiederum seine alten Freunde versetzen, was erneut für Unmut sorgte.

Allerdings war Magda an jenem Tag wieder nicht am gewohnten Treffpunkt und dieses Mal überwand Addae sich, doch einmal an ihre Wohnungstür zu klopfen. Als sich die Tür einen Spalt breit öffnete, traute er seinen Augen nicht: Magda stand vor ihm in einem durchsichtigen Negligé und trug darunter Spitzenunterwäsche mit Strapsen.

„Das geht jetzt nicht", war ihre kurze Erklärung, „komm' in einer Stunde wieder. Dann erkläre ich dir alles!"

Addae war wie vor den Kopf gestoßen und wusste zuerst einmal gar nicht, wie ihm geschah. Aus seinem Kulturkreis kannte er das gar nicht. Allerdings hatte er sich so weit im Griff, dass er sich zunächst zurückzog und die Stunde abwartete, um Magdas Erklärung zu hören. Er setzte sich auf der gegenüberliegenden Straßenseite auf den Bordstein und wartete unruhig. Immer wieder stand er auf und ging nervös von einer Straßenseite zur anderen. Dabei beobachtete er kritisch den Hauseingang.

Endlich öffnete sich die Tür und ein dicker, verschwitzter Mann verließ den Flur. Er schaute sich verstohlen nach allen Seiten um und verschwand dann in Richtung Bahnhof.

Addae überlegte eine ganze Weile, wie er sich nun verhalten sollte. Allerdings wurde ihm nach wenigen Minuten die Entscheidung abgenommen, denn die Haustür wurde erneut geöffnet und Magda winkte ihn heran.

Für einen kurzen Moment überlegte der junge Mann, ob er dieser Einladung überhaupt nachkommen solle, aber dann gab er sich einen Ruck und kam der Aufforderung nach. Er wollte sich auf jeden Fall die Erklärung anhören.

Kaum in der Wohnung angekommen, konnte er sich schon nicht mehr zurückhalten: „Was war das denn? Du Schlampe!", schrie er los.

„Nun mal halblang, mein Lieber!", entgegnete Magda ruhig. „Ich bin ein freier Mensch und wir sind hier nicht in Afrika, wo die Männer bestimmen, was ihre Frauen zu tun haben. Außerdem sind wir noch gar kein Paar. Nur zur Erklärung: Das war ein Freier von mir und ich verdiene durch Leute wie ihn mein Geld."

„Was ist denn ein Freier?", wollte Addae wissen.

„Das ist ein Mann, der für Sex Geld bezahlt – und das gar nicht so schlecht", war die prompte Antwort.

„Das erzählst du mir so einfach, als wäre es das Normalste der Welt? Was soll ich denn nun von dir halten?"

„Ich frage dich doch auch nicht, was ich von deinen Taten halten soll! Ich habe euch vor einigen Tagen gesehen, wie du und deine Kumpane auf offener Straße Leute überfallen habt."

Addae zuckte zusammen. Er hatte nicht damit gerechnet, dass Magda ihn damit konfrontieren würde. Zunächst wusste er gar nicht, was er dazu sagen sollte.

„Jetzt willst du sicher nichts mehr mit mir zu tun haben, oder?", kam dann recht niedergeschlagen von ihm.

„Warum denn nicht?", antwortete Magda überraschenderweise. „Sicher, ich finde euer Verhalten recht fragwürdig und würde mit der Zeit auch versuchen, dich davon abzubringen, aber eine Chance wirst du von mir stets erhalten. Allerdings erwarte ich von dir, dass du mir ebenfalls meine Freiheit lässt. Wir sind sehr unterschiedliche Menschen. Jeder hat seine Vergangenheit und hat auch Gründe für das, was er tut. Nur sollte auch ein jeder der Zukunft eine Chance geben – auch du, mein Freund aus Ghana!"

Addae wunderte sich über diese Reaktion. Das hätte er so nicht erwartet. Es war das erste Mal, dass jemand versuchte, ihn zu verstehen und er fühlte sich nicht abgelehnt, obwohl ihm Magda auch zu verstehen gegeben hatte, dass sie sein Verhalten auf Dauer nicht billigen würde.

„Dann erkläre mir aber bitte, warum du mit fremden Männern Sex hast", forderte er. „Wie kannst du das mit deinem Gewissen vereinbaren?"

„Das werde ich dir beizeiten sicherlich einmal erklären, genauso wie du mir irgendwann einmal deine ganze Geschichte erzählen wirst. Entweder akzeptieren wir uns so, wie wir sind, oder ein jeder geht seiner Wege. Alles andere wird dann die Zeit ergeben und ermöglichen."

Addae hielt für einen Moment inne und wusste nicht so recht, wie er darauf reagieren sollte. Allerdings hatte Magda für diese Situation eine Lösung.

Sie umarmte ihn und flüsterte in sein Ohr: „Überdenke alles in Ruhe – du weißt ja, wo du mich findest. Lass' dir Zeit. Ich werde dir nicht weglaufen."

Auf dem Weg in seine Unterkunft bewegte Addae das ganze Gespräch immer wieder in seinem Kopf.

Er war so sehr in seine Gedanken vertieft, dass er beinahe den Eingang verpasst hätte. Auch in der Nacht musste er immer wieder an Magdas Worte denken und wälzte sich unruhig von einer Seite auf die andere.

Am nächsten Tag stellten seine Kollegen ihn wiederum zur Rede. Naasih war besonders aufgebracht.

„Was ist denn eigentlich mit dir los?", rief er. „Du kannst doch nicht immer wieder die Gruppe hängen lassen. Wir waren für dich da, als es dir schlecht ging. Du kannst nicht einerseits die Hand aufhalten und andererseits nichts dafür geben."

„Ihr habt Recht", antwortete Addae, „darum habe ich eine Entscheidung getroffen. Ich werde euch verlassen. Diese Hatz auf Passanten finde ich einfach nicht mehr gut."

„Was?", schrie Naasih ihn an. „Das geht aber nicht so einfach, du Verräter!"

Gerade wollte er auf seinen Freund losgehen, als ihn ein anderer Kollege zurückhielt.

„Komm, das klären wir heute Abend an unserem Treffpunkt am Ufer der Ilmenau. Da trinken wir ein wenig und besprechen die Angelegenheit!"

So verabschiedete sich die Gruppe von Addae, der für den Rest des Tages in der Stadt umherirrte und nicht so recht seine Gedanken ordnen konnte. Beinahe hätte er sogar das Treffen am Ufer der Ilmenau vergessen.

„Na, da bist du ja endlich", begrüßte ihn Naasih, „wir dachten schon, dass du uns diese letzte Ehre auch nicht mehr erweisen würdest."

Nahezu alle hatten sich versammelt und musterten ihn nun wie einen Fremdkörper. Addae fühlte sich nicht besonders wohl in der Runde. Kaum war er angekommen, schloss sich der Kreis um ihn und als er bemerkte, dass die Falle zugeschnappt war, da war es auch schon zu spät.

Dann ging alles sehr schnell: Zwei aus der Gruppe hielten ihr Opfer fest, eine Flasche wurde zerschlagen und dann stieß Naasih dem vermeintlichen Verräter die spitzen Scherben mehrfach in den Bauchraum.

„Tut mir Leid", flüsterte der Angreifer Addae leise ins Ohr, „aber Verräter bleibt eben Verräter."

Langsam sackte Addae kraftlos in sich zusammen und verlor das Bewusstsein. Ohne weitere Beachtung ließ die Gruppe ihn am Ufer der Ilmenau liegen. Nur einem von ihnen fiel noch der Schlüssel an Addaes Hals auf. Er riss ihm den Anhänger vom Hals und schleuderte ihn im hohen Bogen in die Ilmenau.

„So! Den braucht der Verräter nun auch nicht mehr!", rief er.

Addae erlangte erst im Krankenhaus wieder sein Bewusstsein.

*

Kommissar Bernhard hielt erst einmal ein wenig inne, bevor er das Wort ergriff.

„Sie selbst waren also bei diesen Übergriffen in der Innenstadt stets dabei? Ich verstehe Ihr Verhalten überhaupt nicht. Gerade Sie haben doch genug Leid erfahren – und dann so etwas?"

„Das fragen Sie ernsthaft?", kam empört zurück. „Ich bin wirklich ein sehr einfacher Mann, aber während meiner Reise nach Europa konnte ich mit offenen Augen einiges wahrnehmen – das möchte ich Ihnen einmal in Kurzform mitteilen: Die reichen Europäer haben einen großen Teil der afrikanischen Staaten über Jahrhunderte ausgebeutet. Haben Rohstoffe gescheffelt, die Bevölkerung versklavt, sie in Kriege getrieben und auch noch ihre Waffen dorthin verkauft. In mein Land schicken sie ihren Wohl-

standsmüll und zerstören Märkte, indem sie diese in scheinbarer Wohltätigkeit mit Kleiderspenden überschwemmten. Nun kommen junge Männer nach Europa, die hohe Erwartungen haben und sich hier Perspektiven erhoffen, die zu Hause nicht mehr vorhanden sind. Aber was passiert? Sie werden abgewiesen und gezwungen, im Untergrund zu bleiben. Und das wird dann als Willkommenskultur bezeichnet!"

Kommissar Bernhard war betroffen von der Rede des jungen Mannes. In dieser Deutlichkeit hatte er sich diese Zusammenhänge tatsächlich noch nicht klar gemacht. Nun musste er aber trotzdem noch einmal dienstlich werden:

„Mir ist klar, dass meine Ankündigung in diesem Zusammenhang nun gar nicht passt, aber ich muss Ihnen trotzdem mitteilen, dass nach Ihnen gefahndet wird, da Sie zur Abschiebung ausgeschrieben sind."

„Genau das habe ich erwartet!", entrüstete sich Addae, „Sie haben von alledem nichts verstanden."

„Doch!", entgegnete Bernhard, „deshalb teile ich es Ihnen ja mit und werde mich jetzt ohne ein weiteres Wort verabschieden. Ich hoffe, Sie verstehen mich. Ich wünsche Ihnen alles Gute, Herr Kwame."

Nach einer kurzen Denkpause verstand Addae den Wink und sagte mit einem sanften Lächeln: „Wissen

Sie, in den letzten Monaten stand ich einige Male am Tor zur Hölle. Ob es einen Himmel gibt, kann ich nicht sagen, aber ich bin doch einige Male dem einen oder anderen Engel begegnet. Ich wünsche Ihnen auch alles Gute."

Nach diesen Worten verließ der Kommissar, ebenfalls mit einem Lächeln im Gesicht, das Krankenzimmer. Er war sich sicher, dass er diesen jungen Mann nie wiedersehen würde.

So war es dann auch: Schon bald darauf entließ sich Addae entgegen den Ratschlägen der Ärzte selbst und tauchte in Lüneburg nie wieder auf. Was aus ihm wurde und ob er jemals wieder zu Magda Kontakt aufnahm, wird für immer ungeklärt bleiben. Eines ist allerdings gewiss – In sein altes Leben konnte und wollte Addae nicht zurück, denn sein Schlüssel blieb auf dem Grund der Ilmenau verschollen blieb.

Fragen an besorgte Bürger

- Haben Sie eine Wohnung?
- Haben Sie ausreichend zu essen?
- Schlafen Sie in einem eigenen Bett?
- Haben Sie Zugang zu sauberem Trinkwasser?
- Müssen Sie frieren?
- Sind Sie krankenversichert?
- In Ihrer Wohnung fallen keine Bomben?
- Bei Ärger mit Behörden können Sie vor Gericht gehen?
- Haben oder hatten Sie Zugang zu kostenloser Bildung?
- Dürfen Sie Ihre Regierung frei und geheim wählen?
- Haben Sie eine bezahlte Arbeit oder beziehen Rente, Pension, Grundsicherung oder Unterstützung bei Arbeitslosigkeit?
- Dürfen Sie Ihre Religion frei ausüben oder ablehnen?
- Geht es Ihnen wirklich schlecht?

DGB Bayern